少年一推理事件簿 1

再見青鳥・上

作者／翁裕庭
繪者／步烏&米巡

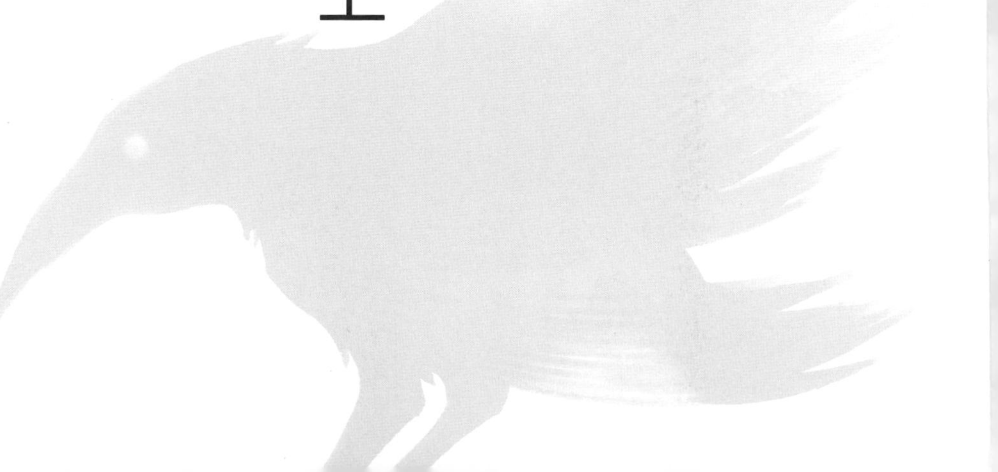

有推理有知識
好讀精彩又有科普

《少年一推理事件簿》結合了科學知識與偵探推理故事，讓科學書一改過去缺乏趣味的形象，轉身變得充滿吸引力，也**讓只願意看小說故事而不看知識類文本的孩子，有機會接觸到更多的知識內容**。我的大女兒光是讀了試讀本，就直呼好看，非常推薦給各位！

——**王昭棠**「地方爸爸與他的小幫手們」粉專版主

故事的設定有許多部分和校園生活重疊，以孩子生活為起點展開的故事，總是特別能抓住孩子的目光，吸引孩子的關注。

再者，本書內容奠基於孩子生活中的推理事件，雖然以科學層面的探討為主軸，但對於人情事理的觀察與推測也著墨甚多，情理兼具，相輔相成，**讓孩子可以學習從多元的角度來進行思考，是全人教育很好的題材**。

一個好的故事，內含生活化的情節與豐富且值得探討的議題，**很適合班級共讀**，而簡明清晰的科學推理，同時能引發孩子科學探討的動機，適合推薦給正在學習科學的孩子們。相信我們都能在書裡擷取到各自所需的成長養分。

——**古智有** 桃園市龍星國小教師

所有的事情，都讓科學來解決，**誘發孩子產生學習動機的校園科普偵探書**。

——**米蘭老師** 百萬人氣自然科學教師

場景是孩子熟悉的校園環境，謎底是有趣的科學內容，短篇七大事件，**好讀精彩又有科普**，誠摯推薦給您——《少年一推理事件簿》！

——**林怡辰** 教育部閱讀推手

喔耶！臺灣總算出現特地**為青少年撰寫少兒推理故事**的作家了！而且每篇都能學到科學知識，這不是太令人無比雀躍而想要一直追下去了嗎？

——**張東君** 臺灣推理作家協會理事

《少年一推理事件簿》是一名小六生，以日記的方式記錄學校發生的事情。故事中充滿同學情誼、冷靜推理與科學證據，對話活潑，再加上插圖，**著實可以讓人隨著推理情節，一集一集的看下去**。每一小篇推理事件後都有破案之鑰，給予該篇破案所需的科學知識。有推理有知識，十分適合學生閱讀。

——**郭富華** 北二區閱讀理解策略種子教師

學習科學不是死讀課本裡的知識，還要懂得運用科學方法，一步一步找尋蛛絲馬跡，透過驗證獲得證據，以求取真相。《少年一推理事件簿》不只是單純的偵探小說，除了內容貼近孩子的校園經驗，還增加了科學方法的推理與驗證，讓**懸疑的故事增添了科學的探究精神**。

——**盧俊良** 宜蘭縣岳明國小教師、「阿魯米玩科學」粉專版主

小讀者真心話

說實話，這是唯一讓我期待的一套小說。

——**康予馨** 岳明國小

這本偵探小說同時教會我一件事，就是對生活事物仔細觀察，就不容易發生誤會。

——**張書亞** 龍星國小

看這本小說可以增加知識、閱讀理解能力、邏輯思考和一些生字或字詞，有時還會學到一些人生大道理。別人是一舉兩得，而你是「一舉五得」，非常值得。

——**陳渝潔** 五華國小

是一本能讓人放鬆心情、學科學的推理小說。

——**廖雯君** 原斗國中小

（依姓氏筆畫排序）

目錄

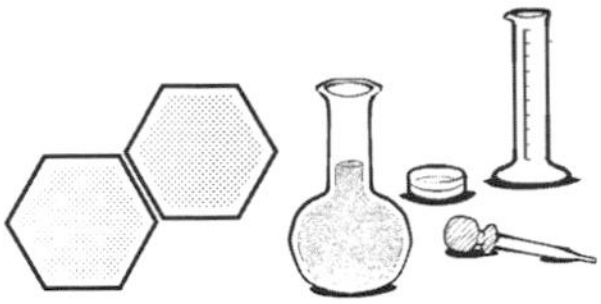

主要人物介紹

黃宗一・新來的怪咖轉學生。白上衣、黑長褲，中分髮、身上帶了一只公事包，是個事事講求精確的對稱控。行事風格獨特，興趣是研究科學，認為真相需要科學證據。綽號「科學怪探」。

隋雲・安靜、領悟力高，因為身體障礙，經常睜著一雙明眸在一旁冷眼旁觀，但每到關鍵時刻，卻能提出令人無法否認的觀點。是黃宗一在知性上的勁敵。

玉茹老師・六年一班導師，深受學生愛戴。是個講求規律與精準的數字控，別號「女康德」。

我與青鳥・一個是寫日記的人，一個是叫「我」寫日記的人。背後有什麼陰謀進行中？尚未可知。

邱政・警察之子，視黃宗一為競爭對手。

錢若娟・班上最值得信任的老大。做人海派隨和，跟任何人都可以稱兄道弟。

章均亞・個性活潑，有義氣。是錢若娟的鐵粉。

王元霸・惡霸型人物，高頭大馬、身材壯碩，視黃宗一為第一號眼中釘。

何文彬・小壞壞，班上有什麼壞事，第一個被懷疑的就是他。

劉孟華・班長，老師最得力的助手，同學戲稱他為老師的寵物，綽號「沉默的乖寶」。

第一話
科學怪探誕生

早上天空是灰色的。

今天是這樣。昨天是這樣。前天也是這樣。連著幾天都這樣。彷彿不知從何時起，空中冒出灰溜溜的天花板，把太陽遮住了。

一成不變的不只是天空，每天過的生活也是如此。人家説，太陽底下無新鮮事，其實烏雲蔽日的時候也一樣無聊。

只是，今天的灰色不太一樣。

前幾天我偷聽到玉茹老師和志雄老師的對話，他們說這個轉學生「難搞」、「不好應付」，我還注意到他們愁眉不展、咬牙切齒。我爸大便大不出來時，臉上也有類似的表情。

學校裡面少不了讓老師頭痛的學生。根據我的觀察，碰上調皮搗蛋的小孩，老師祭出的法寶差不多就那三招：罰站、半蹲，不然就罰抄課本一百遍。效果怎樣我不太清楚，至少耳根子可以清靜一下。

這個轉學生有多難搞，居然讓老師便祕不舒服，的確令我很好奇。今天，他來我們班上報到，答案終於揭曉了。

這就像每天早上都吃白土司麵包，可是今天的白土司突然淋了一道果醬。嘗起來是什麼味道？不免叫人有所期待。

這個轉學生給人的第一印象果然不太一樣。班上男生穿便服時，多半是牛仔褲搭配T恤，上面印著五顏六色的圖案，但他全身上下卻只有兩種顏色，燙得筆挺的白襯衫和黑長褲，腳上是閃閃發亮的皮鞋而非球鞋。個頭並不高，即使站在講臺上也贏不了幾個人，髮型是中分的西裝頭，肩上沒背書包，手裡拎了一只方形黑包包。要不是個子矮，簡直就像提著公事包出門的上班族。他沒有露出扭捏不安的姿態，反而以堅定的眼神掃視整間教室。玉茹老師要轉學生自我介紹，他說出來的話卻讓全班傻眼。

「我叫黃宗一。這所學校還算可以，操場兩邊是三層樓高的校舍，剛好形成對稱。你們這間教室不在二樓正中央，但起碼位於東方，早上可以直接日晒。」

他指著牆上的窗戶說：「四面窗戶的位置還算對稱，陽光可以均衡的照進來。」

這講的是哪一國話？同學們的下巴快掉下來了。玉茹老師的表情像是聽到外星人講話。她一回神，請黃宗一聊聊自己的興趣。

「我的興趣是研究科學。」

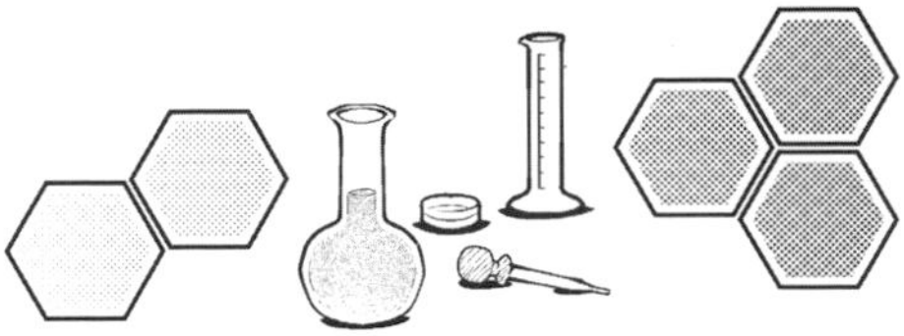

科學？那也能叫做興趣？相信很多人和我一樣有聽沒懂。

「哇，好厲害，」玉茹老師又問：「你研究哪方面的科學？」

「自然科學，」看大家沒反應，他停頓三秒鐘，繼續往下解釋：「我研究大自然中有機或無機的事物和現象，譬如生物、物理、化學和天文學。」

我的耳朵和大腦的連結彷彿被阻斷了。現場鴉雀無聲。玉茹老師正要接話，卻被他直接打斷。

「老師，我要坐第三排最中間。」

啥？這又是為什麼？他說，這是室內最為對稱的座位。

我懂了。班上有五排座位，每一排有五張課桌椅。不管從哪個角度來看，他指定的那一張課桌椅都處於中心位置。結果老師順了他的意，卻惹惱全班的心。

後來的發展可想而知。沒有人願意跟黃宗一互動。某些人經過他座位時，還故意丟下紙屑或塑膠袋。但他不以為意，只是默默的撿起來收進抽屜。有人幫他取了綽號：目中無人的白目。另一個選項也頗受好評：自我中心的怪咖。

然而不管是哪一個，到了下午都被推翻，因為接下來發生的事件，讓眾人對他的印象完全改觀。

・・・・・

下午的課叫人昏昏欲睡。窗外天空黑壓壓一片，眼看就要下大雨。室內光線晦暗，即使開了燈也擋不住瞌睡蟲。下課期間的氣氛也是懶洋洋的，沒幾個人在外面活動。

突然，尖叫聲劃破了寧靜。「老師，」許佳盈衝進教室大叫：「我的笛子不見了。」

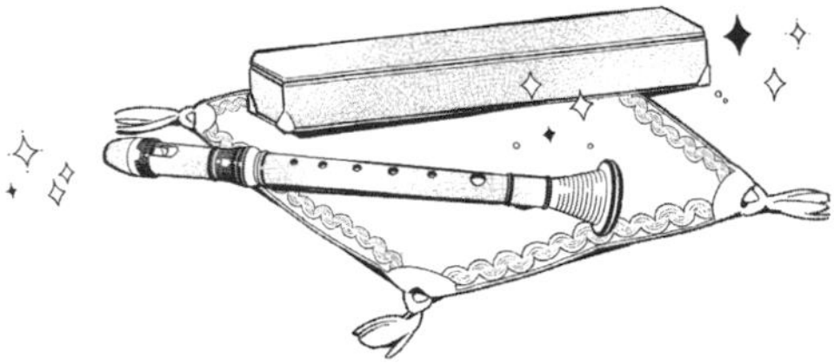

許佳盈是千金大小姐，家裡超級有錢，住的是大豪宅，用的東西永遠比別人高檔。

「在哪裡不見的？」玉茹老師問。

「音樂教室，」大小姐氣急敗壞的說：「我剛才要去把笛子收起來，卻發現它不見了。」

「活該，被偷了啦，」馬玉珍搶著說話，她這個人是幸災樂禍第一名，最愛詛咒別人：「那麼貴的東西拿去轉賣，絕對可以賺一筆。」

大小姐立刻嚎啕大哭，哭聲卻無法掩蓋剛衝進教室那位同學的大嗓門：「老師，你們班的何文彬在實驗教室昏倒了。」

玉茹老師兩步併做一步衝上樓梯，逕自跑向三樓右側盡頭的實驗教室。有個矮小的男生正躺在教室地板上，保健室的護士阿姨蹲在旁邊進行急救。我們幾個學生也跟過來一探究竟。

聽到腳步聲趨近，護士阿姨抬頭對老師說：

「沒事，只是頭上腫了個包。」

「有通知家長嗎？」

「連絡他母親了。她說會趕過來，還說他昨天跟人家打架，怎麼今天又打，真是令人頭疼。」

何文彬是本校最頑劣的學生，個子全校最矮，偏偏最愛逞凶鬥狠，打架偷竊樣樣來，難怪他母親一接到電話，立刻以為自己的孩子又跟別人打架。但這次他看起來像受害人。

玉茹老師才剛鬆一口氣，又有學生跑來報告：「許佳盈要搜查每個人的書包。」

我們趕回教室就明白怎麼回事了。原來馬玉珍說她好像看到有人走進音樂教室，但只是匆匆一瞥，隱約覺得是個男生。

「一定是我們班男生偷的，」大小姐說：「我這支笛子很貴，這件事只有我們班知道。」

許佳盈一旦下定決心，誰也改變不了。她開始翻找男同學的書包，還說何文彬的隨身包也不能放過，因為他是偷竊慣犯。老師勸阻無效，黃宗一卻突然站起來。

「你不能動我的東西，」他說：「我不曉得你的笛子很貴。」

「但你是男生。」

「這不足以構成理由，」他一副實事求是的口氣，接著又喃喃自語：「看來是一定要走正中央的樓梯間才行。」

原來，他是想去三樓現場察看。

我們所在的校舍是東廂樓，隔著操場對立的校舍是西廂樓。東廂樓的正中央是樓梯間。面對樓梯時，音樂教室位於二樓右側盡頭，實驗教室是在三樓右側盡頭，我們班是二樓左側最邊間的教室。要從二樓音樂教室去三樓實驗教室，非得走正中央的樓梯間不可。

黃宗一往三樓實驗教室大步前進，包括老師和許佳盈在內的一群

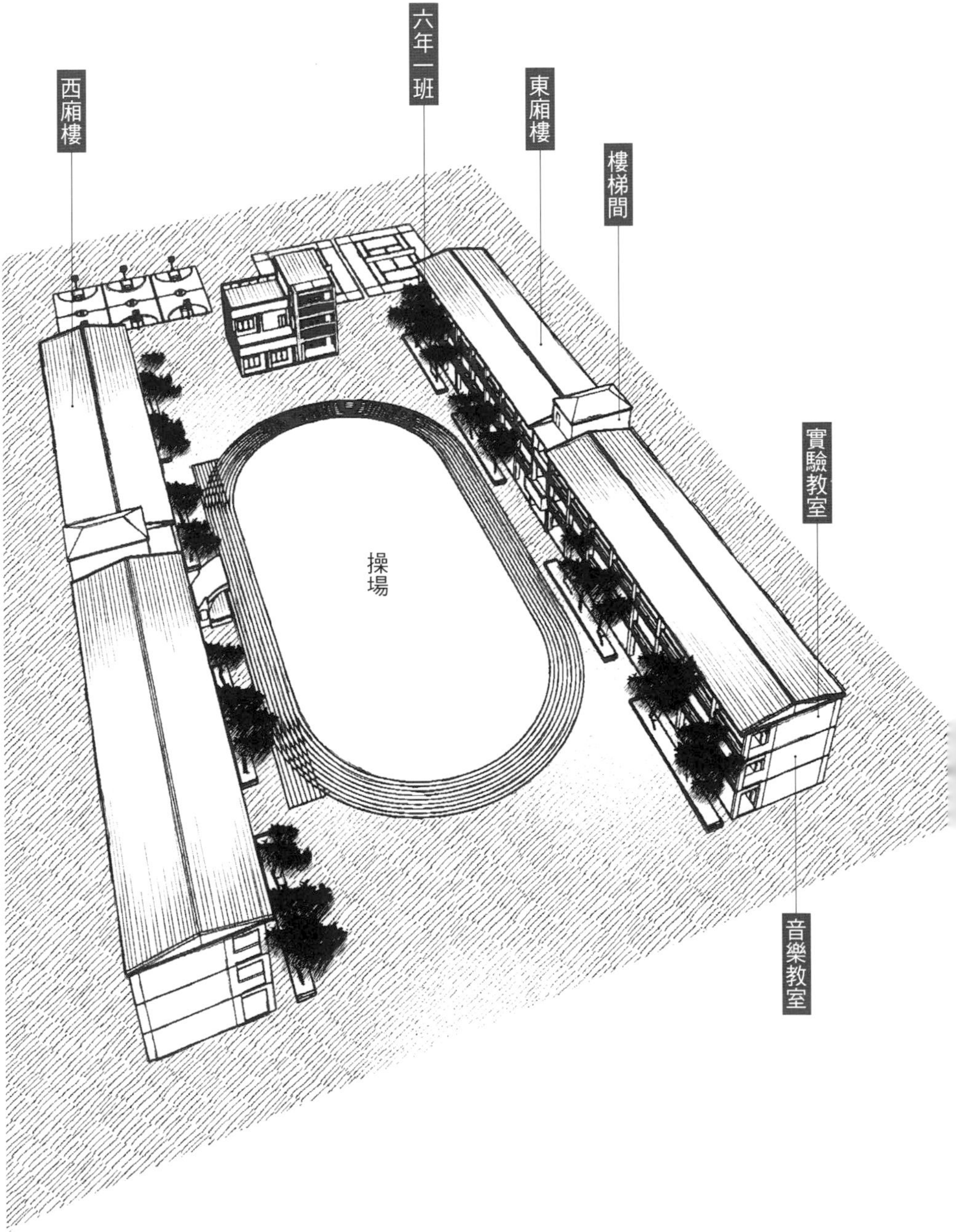
西廂樓
六年一班
東廂樓
樓梯間
實驗教室
操場
音樂教室

人尾隨其後，途中還跟已經甦醒的何文彬擦身而過。在保健室阿姨的扶持下，平日總是一副天不怕地不怕的他，這時看起來卻嬌小無助。

「這間教室格局方正，有對稱之美，」黃宗一做出評論。室內桌椅全都集中收列在左側牆邊，正好可以讓他自由走動。

周遭四壁有三面是水泥牆，唯獨對門的那面牆是整片玻璃落地窗。天氣晴朗時，我喜歡來這裡眺望藍天白雲，卻從未意識到什麼對稱之美。站在實驗室裡我只覺得，三樓有人昏倒，二樓有笛子被偷，未免也太巧了吧。

我的視線不經意瞥向窗外，發現烏雲正逐漸散去。耳邊傳來喀嚓一聲。黃宗一立刻回頭對老師說：「這裡是犯罪現場，不可以碰任何東西！」原來是玉茹老師關掉電燈開關。只見老師臉色脹紅，被自己的學生斥責，想必很尷尬。

重回教室後，老師馬上詢問何文彬事情的緣由。

「我哪知道啊，」他摸著頭殼說：「我才開門走進實驗教室，突然有人從背後勒住我，然後往我頭上敲下去。」

「你知道那個人是誰嗎？」

「怎麼可能嘛！那個人站在我背後，我根本看不見對方，何況我又昏過去了。」

「你去實驗教室幹嘛？」

「我有枝筆不見了，猜想搞不好昨天掉在那裡。」

「你是直接上三樓？」

「當然啊，我沒事去二樓音樂教室幹嘛？」他理直氣壯的說：「問這個是什麼意思？老師以為我腦袋被打秀逗了？」

老師又臉紅了。一再被學生嗆聲，今天不是她的好日子。

「我可以走了嗎？護士阿姨說我應該回家休息。」

「不能走，」黃宗一插嘴說：「笛子是你偷的。」

「聽你在放屁！」何文彬站起來，一副要揍人的嘴臉。

「你說謊，」黃宗一不為所動的說：「你走進實驗教室時，太陽已移到西廂樓那邊，烏雲又還沒散開，室內很昏暗，所以必須開燈。在這樣的條件下，你正對面的玻璃窗就像塗了一層銀，跟鏡子一樣會反射影像。如果背後真有人，你會從面前的玻璃窗看到對方長相。」

我當下就懂了。這個原理就像低頭看深不見底的湖泊，會看見自己的倒影。剛才我們去實驗教室時，烏雲開始逐漸消退，室內光線沒那麼暗了，難怪一向強調節能的老師會想關燈。這也代表燈本來是亮著的。

「我沒看到人，是因為我的頭擋住那個人的臉。」

「你在強辯，」黃宗一說：「你個子太矮了，任何人站在你後面，至少都會露出半張臉。」

「少誣賴我！」何文彬目露凶光，一拳揮出去，卻被玉茹老師伸手攔住。

「你頭上的包是昨天的，」老師也搞懂了：「你媽說你昨天跟別人打架。」

何文彬暴跳如雷，踢翻周遭的課桌椅，大聲吼叫自己是冤枉的。

「別裝了，」這聲音來自第一排最靠後門的座位：「你剛剛的一句話就露餡了。」

這真是奇蹟的一刻，現場馬上安靜下來。隋雲開口講話是天下罕見的事，有人甚至以為她是啞巴，沒想到她居然會出聲。

「我說了什麼？」何文彬呆呆的問。

「你主動提到二樓音樂教室，等於不打自招，」隋雲的聲音很悅

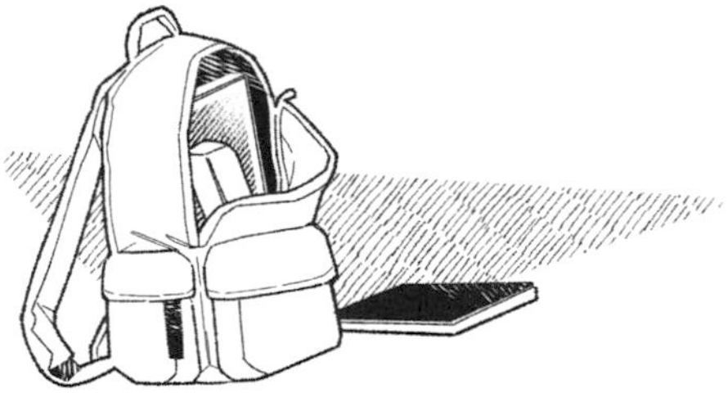

耳：「沒人在你面前提起過笛子被偷，理論上你應該不知道才對。」

對喔，許佳盈和何文彬兩人一直錯開來，他不該知道音樂教室出了事。想必是何文彬到二樓音樂教室偷笛子，然後去三樓實驗教室假裝昏倒，佯裝遭到暗算，試圖撇清偷竊的嫌疑。

「我只是借，不是偷！」何文彬大叫。教室陷入一片混亂，像賣場裡大家搶衛生紙那樣。有人喊抓賊，有人說要報警，有人去搶何文彬的書包，老師困在中間動彈不得。

黃宗一對這場混亂視若無睹，他盯著隋雲說：「你只是抓到他的語病。」

「你確定你的科學理論行得通？」隋雲淡淡的說。

「理論上可以。」

「理論上和實際上是兩回事。」

「你很厲害，」沉默片刻後，黃宗一說：「幸好你拆穿他的謊言，讓他難以狡辯。」他霍的一聲站起來，朝後門的方向走過去，卻又突然停住腳步。

「我不知道你……」

他才第一天來上課，而且懶得跟大家交朋友，當然不知道隋雲是坐輪椅。他蹲下來，兩人以平行等高的目光對望。

黃宗一已是公認的怪咖，隋雲也是難以捉摸的怪人，身上彷佛散發古怪的能量，讓人無法親近，也不敢侵犯。這兩個人是不是槓上了？以後說不定有

好戲可看了。

今天的日記就寫到這裡。其實青鳥剛開始叫我寫日記時，我是一頭霧水。寫日記會有用嗎？不過，撐過一週後，我發現透過書寫真的可以整理自己的心情。不管接下來青鳥要我做什麼，我想我會繼續寫日記。我真心相信青鳥會幫助我脫離苦日子。

據說明天天氣會變好。對了，黃宗一的綽號已經確定了，就叫做「科學怪探」。

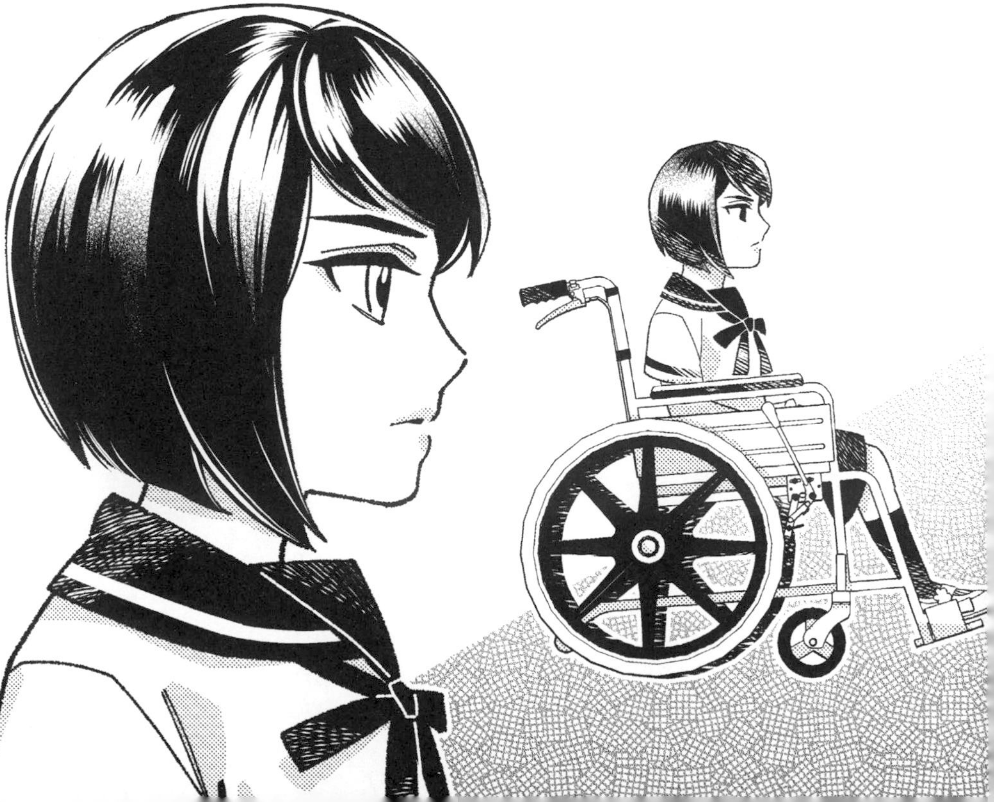

玻璃能讓光線穿透，所以我們能隔著玻璃看見物體，這種特性叫透明。有的玻璃透光性很好，幾乎無法察覺，難免讓人不小心一頭撞上！

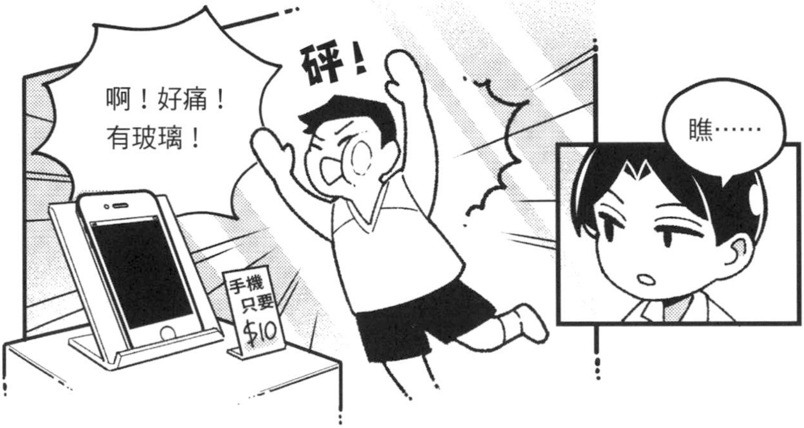

但玻璃也會反射光線！一般來說，玻璃可讓大約 90% 的光線穿透，不同材質的玻璃透光率略有不同。不過，同一片玻璃，不論在黑夜或白天，透光率並不會突然發生改變，沒有發生神蹟的可能！

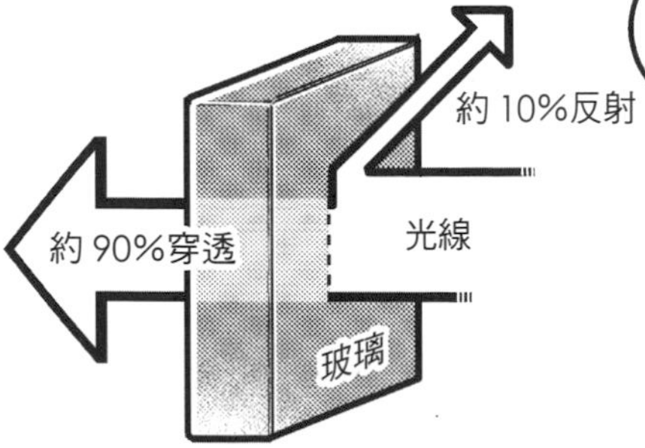

破案之鑰

能看見，是有道理的！

光是直線前進，遇到物體則反射、穿透或被吸收，視物體的特性而定。我們能夠看見，是因為來自物體的光線進入眼中，這個訊息藉由視神經傳導到大腦，讓大腦告訴我們，眼睛看到了什麼。

◀燈光把人照亮，人把光線反射到鏡面，鏡面再把光線反射回人眼，當這個訊息傳遞到大腦，就能看見鏡中的倒影。

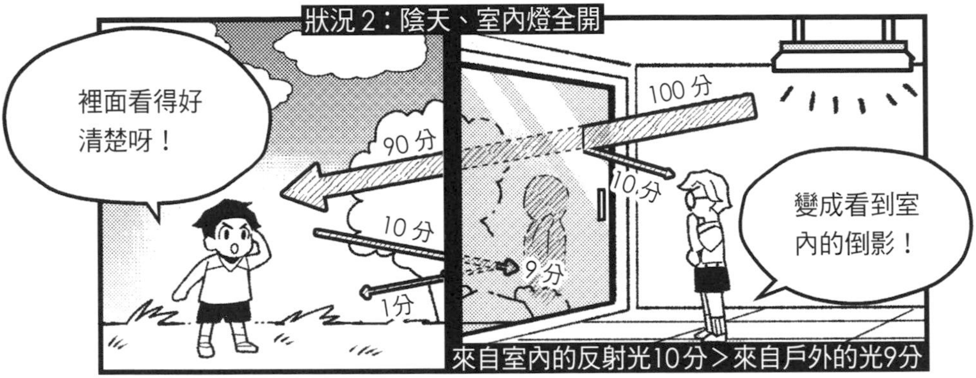

所以晴天時，在室內可透過玻璃窗清楚看到戶外；但當戶外烏雲密布、幾乎像黑夜一般時，在照明充足的室內面對窗戶，玻璃上會呈現室內的倒影，就好比鏡子一樣。

這樣你懂了吧！不相信的話，可以找一片玻璃窗，試著在一天不同的時刻進行觀察，例如清晨、正午、傍晚、夜間。再試著在不同天氣下觀察，例如晴天、雨天、陰天，你看到的是窗外景象或室內倒影呢？還是同時看見了室內和室外？試著驗證看看。

科學眼 人能看見東西，是因為來自物體的光線進入我們眼中，進入的光線愈多，物體看起來愈清楚明亮，也就愈明顯。

破案之鑰

為什麼同樣一片玻璃窗，有時是透明，有時卻變得像鏡子一樣呢？

根據前面的說法可以推論得知，問題並不是出在玻璃上。會發生這種現象，是因為玻璃兩側的明暗發生變化，使得進入我們眼中的主要光線來源不同。

記住，看得見，是因為光線進入我們眼中。光線來自哪裡，我們就會看到哪裡。如果同時有兩個光源進入我們眼中，光線強的看起來會比較明顯。

用圖解的方式說明，會比較容易理解。

假設：不計其他因素，把玻璃透光率設為 90%，反射率 10%。
晴天時戶外亮度為 100 分，陰天時為 10 分。
室內燈全開時亮度為 100 分，不開燈時為 10 分。

狀況 1：晴天、室內不開燈
10 分
1分
9 分
100 分
90 分
10 分
清楚看到戶外風景。
來自戶外的光 90 分＞來自室內的反射光 1 分

第二話

換座位風波

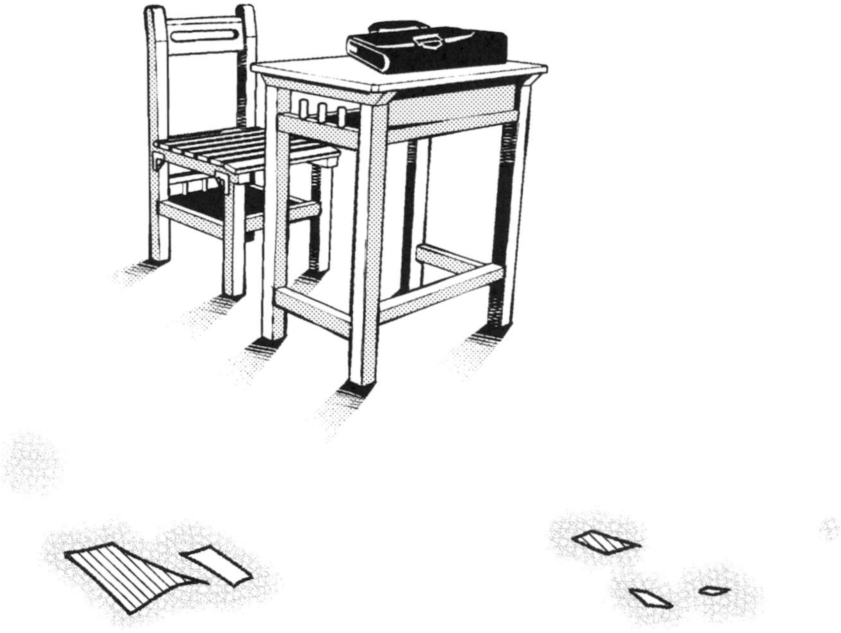

據說每個人都需要有暱稱，因為有了暱稱，就像取得入場券，要融入群體就容易多了。說的也是，聽人家「小明」、「小芬」這樣喊來喊去，感覺起來好像很親密。

不過，我並不喜歡別人幫我取的暱稱。只是一開始我沒表示反對，結果大家就這樣叫，叫久了我反而不好意思說什麼。所以我很佩服黃宗一，他說不要就是不要，非常乾脆直接。前幾天章均亞問他有沒有暱稱，他回答說沒有。班上已經封他「科學怪探」的綽號，但是暱稱跟綽號可不一樣，字太多就顯示不出親密感。

「你爸媽怎麼叫你？」

「我爸叫我『兒子啊』，我媽叫我『寶貝』。」

呃，這兩個暱稱都不適用於我們班上。

「我們叫你『小一』好了。」

「錯了，」他一本正經的說：「我現在是小六，不是小一。」

「我不是說你小學一年級，只是用你名字的最後一個字來當暱稱。」

「會造成誤解就不必了。」

「但是你總得有個暱稱吧？」章均亞還不放棄，不愧是全班最會「魯」的人：「我們每個人都有啊。」

「我跟你不熟，跟大家也不熟，」黃宗一面無表情的說：「根本不需要暱稱。」

「可是……」

「我需要的是一號這個座號。」

咦，上次他要了正中央的座位，這次他又開口要座號一號。難道是「一」這個字有對稱之美？為何有人就是這麼厚臉皮，可以毫不在乎的開口要東要西？

這種態度絕對會引起反彈。

後來那幾天，不斷有人往他座位周遭丟棄紙屑和垃圾。

對於被當做垃圾桶看待，黃宗一沒有太大的情緒反應，也沒去向玉茹老師告狀。看他戴著白手套，把一張張紙屑攤平疊好收進公事包，不禁令人啼笑皆非，彷彿那些髒兮兮的紙屑是很重要的文件。

班上的頭號無賴王元霸看不慣他的作風，私下放話要偷他的公事包，但這幾乎是不可能的任務。黃宗一很少離開座位，即使要離席也是公事包絕不離手，讓人不禁好奇，那只黑色公事包裡面究竟裝了什麼。

王元霸偷偷告訴他的好兄弟宋謙，要趁黃宗一下課去廁所時動手——一整天下來，至少會上廁所一兩次吧。這個想法是沒錯，只可惜黃宗一上廁所前，會把公事包交給玉茹老師保管。這下子沒轍了，王元霸只能看著老師乾瞪眼。

黃宗一轉來這裡之前，班上的第一號怪咖其實是玉茹老師。聽說其他老師背地裡叫她「女康德」。我查了百科全書才知道康德是德國哲學家，一輩子過著有如機械般分秒不差的規律生活。傳聞玉茹老師的日常作息也像時鐘一樣規律，早上六點起床，七點出門上班，七點三十分準時進校門。曾經有人看到她在校門外站了一會兒才走進來，原因是她早到了兩分鐘。

除此之外，玉茹老師對日期和時間的精確度也非常講究。記得有一次她退回馬玉珍的家庭聯絡簿，要她拿回去請家長重簽。

「老師，哪裡寫錯了？」馬玉珍看了半天，不明就裡的問。

「你媽寫了今天的日期。」

「唉呀，只差一天沒關係，就當做她是今天早上簽名嘛。」

「今天是今天，昨天是昨天，怎麼可以搞混！」

「那我來改一下好了，這樣比較省事。」

「你是你，她是她，冒名代簽是犯法的！」

另外有個例子也很誇張。某一天，下課鐘聲比她的手錶晚了三十秒才響，結果她立刻去控制室抗議，彷彿誤差三十秒跟誤點三十分鐘一樣嚴重。其實玉茹老師本性溫柔，但是她對數字非常吹毛求疵，因此我們班封她為「數字控」。

套句大人的說法，老師和黃宗一都是偏執狂，「數字控」對上「對稱控」，也許這就叫做臭味相投吧？難怪老師總是袒護他。不過，我先前就說過了，這種互動關係絕對會引起副作用。果然就在今天，有人學黃宗一提出不合理的要求。

• • • • •

「老師，我要換座位。」

晨間點名結束後，游瑞文舉手發言。今天負責點名的是志雄老

師，因為玉茹老師的妹妹生小寶寶，所以她請假一週返鄉探親，這個禮拜由志雄老師來代課。

「不行喔，座位不能說換就換，」志雄老師面帶笑容的說。

「可是我已經得到玉茹老師的同意。」

「是喔，」老師臉上的笑容褪去：「玉茹老師沒跟我說。」

「我昨天有去她家徵求她的同意。」聽說游瑞文和玉茹老師住同一個社區。

游瑞文拿出一張白紙說：「她親手打了一份同意書給我。」

只見他快步向前，將手上的紙遞給志雄老師。

「嗯，看起來好像沒問題，」志雄老師又恢復笑容了：「那你就換吧。」

「等一下，」許佳盈率先發難：「同意書的內容是什麼？我們大家都有知道的權利。」

老師點點頭，拿著那張紙大聲念了起來：

本人同意於二月二十八日至三月三日這一週期間，游瑞文同學可以按照自己的意願更換座位，請志雄老師給予協助配合。

廖玉茹，二〇二二年二月二十七日

章均亞突然衝上前去，搶下那張紙，低頭迅速一瞥，然後憤恨不平的高舉同意書，攤開來給全班同學看。

「不公平！老師對男生偏心！」

那是用電腦打出來的同意書。玉茹老師一向認為電腦排版列印的文件比手寫稿來得工整，況且上面清楚標示著日期，這的確是她的作風。

「你憑什麼理由要求換座位？」

「我生日快到了，」游瑞文挺起胸膛說：「我希望可以換座位，就當做是老師送我的生日禮物。老師同意了。」

「你生日是哪天？」

「二月二十九日。」

嗯，的確快到了。

「你想換到哪個座位？」章均亞的口氣咄咄逼人。

游瑞文往後走，在黃宗一後面的座位停下腳步。

「你想坐在姚夢萱旁邊？」

章均亞不屑的口氣，就像聽到青蛙想親吻公主一樣，似乎覺得游瑞文太荒謬可笑。游瑞文是班上的邊緣人，成績、運動和長相樣樣不行。姚夢萱是班上的大美女，說是校花也不為過，擁有纖細的身材和精緻的五官，白皙的肌膚有如搪瓷娃娃般可愛，簡直就是「萬人迷」。

「不行嗎？」游瑞文脹紅了臉：「我不能坐在姚夢萱旁邊嗎？」

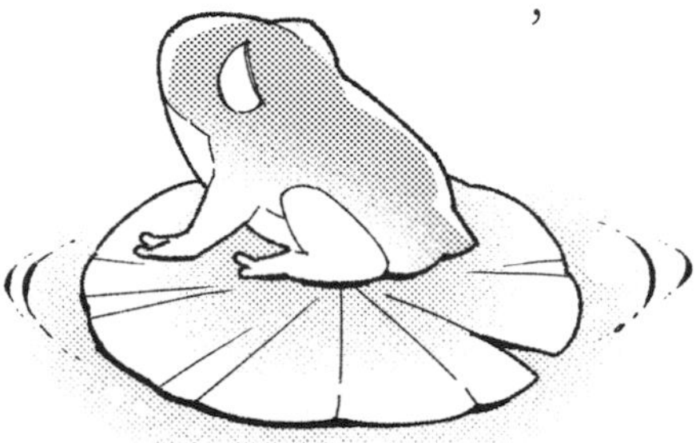

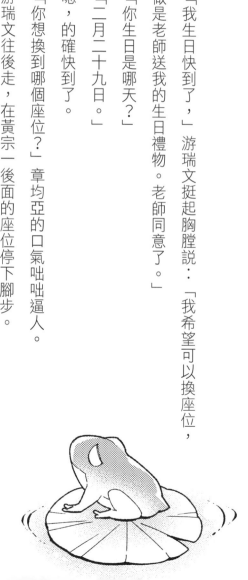

「別做夢了，你是什麼身分啊？大便怎麼可以放在鮮花旁邊！」男生快要全體暴動了，連姚夢萱也往椅子右側挪動了身子。

「等一下，我有問題，」黃宗一站起來，轉身指著右後方的姚夢萱問道：「她這個樣子叫做美女？」

全班頓時安靜下來。如果姚夢萱不算美女，那還有誰可以稱為美女？

「你……你覺得她……她不夠美？」章均亞難得講話結巴。

「她雙眼的位置沒有對稱，嘴角有一邊稍微高一點，」對稱控搖著頭說：「這樣不行。」

「講這什麼鬼話！」這下子連女生也要暴動了：「也不照照鏡子，看你自己是什麼德性！」

「我早上有照鏡子，我的頭髮的確是中分。」

黃宗一愈說愈像在火上加油。這很可能是班上男女生最團結的一刻，眾人發出的怒吼幾乎要掀翻天花板，志雄老師試著打圓場，但他的聲音完全被吞沒。

「安靜！」黃宗一喝道：「吵成這樣，我哪有辦法好好做事。」

他伸手一抓，奪走章均亞手中的同意書，一邊坐下來一邊把紙放在桌上攤開，在喧嘩聲中從公事包裡面取出一雙白手套、一個小罐子、一支軟毛刷、一支放大鏡，以及一本記事簿。

說也奇怪，他專注的神情和舒緩的動作，彷彿蘊藏著某種魔力，讓我看了突然感到很安心。他戴上手套，用毛刷將罐子裡的粉末輕灑在整張紙上，接著對著紙張輕輕吹氣。

「你在幹嘛？」有人發問，但是沒得到回應。

只見黃宗一拿著放大鏡檢視，同時對照記事簿上面的圖案。幾分鐘過後，他放下放大鏡，輕呼一口氣。此刻鴉雀無聲，他的歎息清晰可聞。

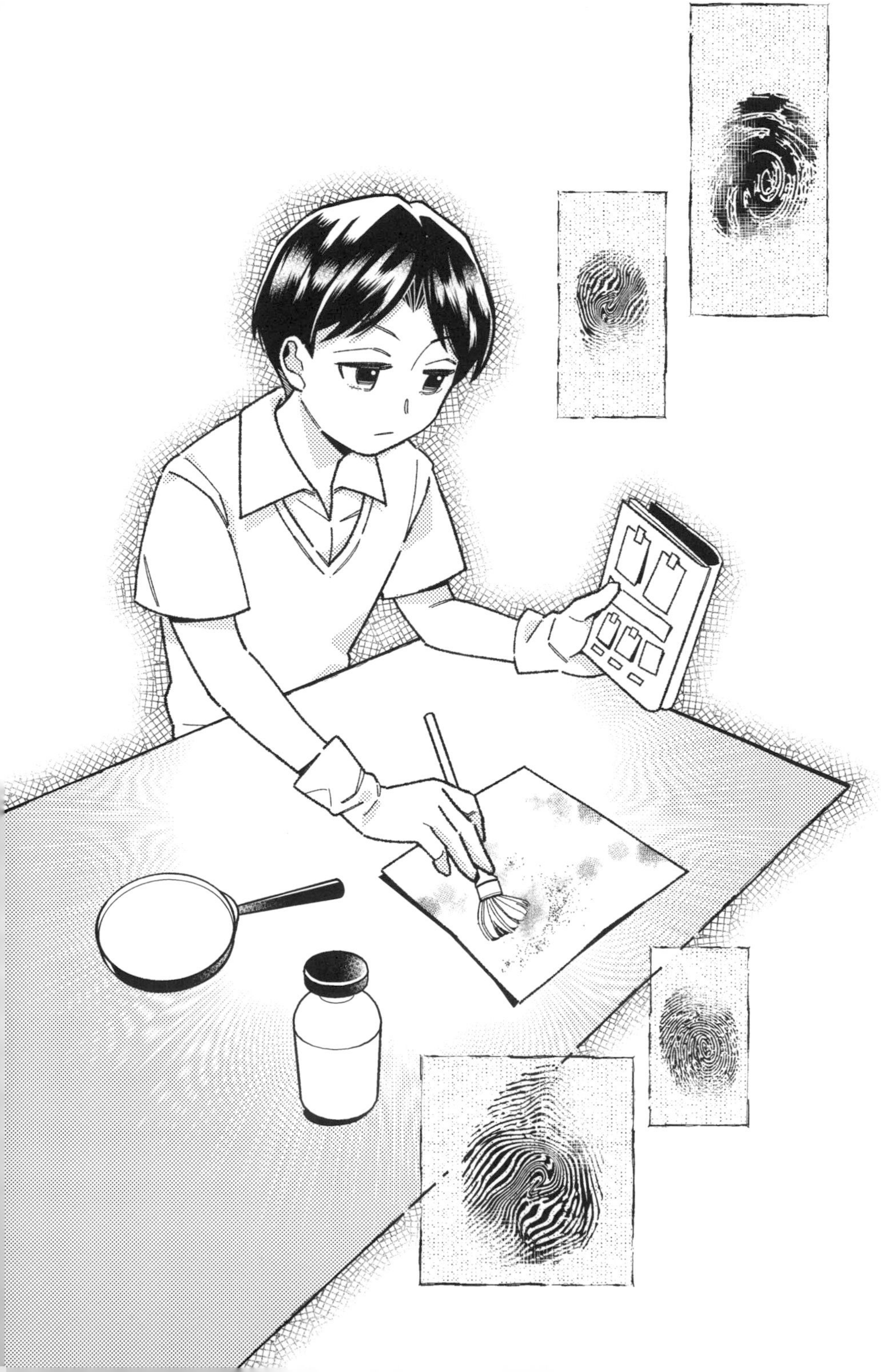

「這是簡單版的鑑識科學，」他站起來，開始解說：「手指觸摸紙張時會遺留油脂，我把碳粉灑在紙上，碳粉會被油脂黏著而形成紋路，這些紋路就是指紋。」

他伸出十根手指頭。

「每一枚指紋都是獨一無二的。我的指紋跟大家不一樣。各位的指紋也都跟別人不一樣。」他停頓一下：「天底下沒有一模一樣的指紋，即使是雙胞胎的指紋也不會一樣。因此透過指紋的鑑定，就可以鎖定嫌犯。」

他高舉同意書，上面呈現好幾副碳粉形成的紋路。

「經過我的鑑識，上面有四副不同的指紋。一副是……」

「你怎麼知道是四副？」馬玉珍插嘴問。

黃宗一翻開記事簿，高舉給大家看。上面陳列著幾十副指紋。

「這是各位同學的指紋。我逐一檢驗對照之後，找到對應的不同指紋。」

「你怎麼偷採我們的指紋？我爸說這叫做非法蒐證！」講話的人名叫邱政，他爸爸是警察。

黃宗一從公事包拿出一疊紙屑：「指紋是你們自己提供的。」

哦喔，我看過他不吭一聲的把紙屑收起來，原來是在收集物證。

「全班每個人的指紋你都有？」馬玉珍又問。

「只差一人就齊全了，」他轉頭往右後門的方向張望。坐在那邊的隋雲雙手托腮倚在桌上，一副冷眼旁觀的模樣。

「四副不同的指紋。一副是游瑞文的，」他接著往下說：「一副是章均亞的，一副應該是志雄老師的，還有一副是……」

「玉茹老師的！」王元霸搶著說。

「錯了，最後一副是我的，」黃宗一看著游瑞文說：「其中並沒有玉茹老師的指紋。」

咦，怎麼回事？

「也就是說，這張同意書是偽造的。」

「你亂講，」游瑞文氣急敗壞的說：「這明明是老師拿給我的。」

「你說這是老師親手交給你的，那怎麼會沒她的指紋？唯一的解釋是你說謊。」

「那是因為……她跟你一樣戴手套。」

「你要這麼講我也沒辦法，」黃宗一歎了口氣，隨即坐下來：「我只知道從鑑識科學的角度來看，這張同意書是假的。」

游瑞文被眾人團團圍住，頓時成為全班的公敵。只聽他一直大聲喊冤，辯稱同意書是真的。這時候，突然響起刺耳的輪胎刮地聲。大家紛紛轉頭望向隋雲。

「再硬拗下去，你就是在侮辱玉茹老師的智慧。」她一手按著輪椅的手煞車說。

2002年
2月
28
2006年
2月
2010年
2月
28
2014年
2月
2022年
2月
28
星期一

「什麼意思？」黃宗一起身轉頭問。

「二〇二二不是閏年，今年並沒有二月二十九日，」她傾身靠在椅背上：「本週一到週五是二月二十八至三月四日。玉茹老師對時間和日期的精確度要求很高，她不可能犯這種錯誤。」

「對喔，」志雄老師拍拍自己的後腦勺，看著代課班表說：「上面的確是寫二月二十八至三月四日。」

「如果手邊沒有日曆，無法馬上判斷是不是閏年，只要把西元年分除以四就行了。能被四整除的話，有可能是閏年；不能被四整除，絕對不是閏年，」她十指交握的說：「這是簡單版的數學。」

在這一瞬間，眼神很殺的黃宗一和隋雲四目相視，雙方眼中似乎噴射出兩道光劍在激戰對峙。大家望著他們倆，沒有人敢走動，甚至連大氣也不敢喘一聲。至於游瑞文，再度淪為無人理睬的邊緣人。

這場換座位風波就這樣結束了。游瑞文很可憐啊，今年沒生日可過——雖然我爸媽也常常忘了幫我過生日。但我覺得很奇怪，他幹嘛要坐在姚夢萱旁邊？沒聽說他對姚夢萱有意思啊。莫非他想要接近的目標是黃宗一？

今天黃宗一和隋雲的交手，算不算是鑑識科學和數學之間的競賽？鑑識科學好像很炫，但效率是不是輸給數學？

青鳥說如果我能幫黃宗一弄到隋雲的指紋，他一定會感謝我而跟我做朋友。這個建議很棒，如果能跟黃宗一變成朋友，搞不好可以趁機換掉我的暱稱，但是要接近隋雲可是個難題啊……

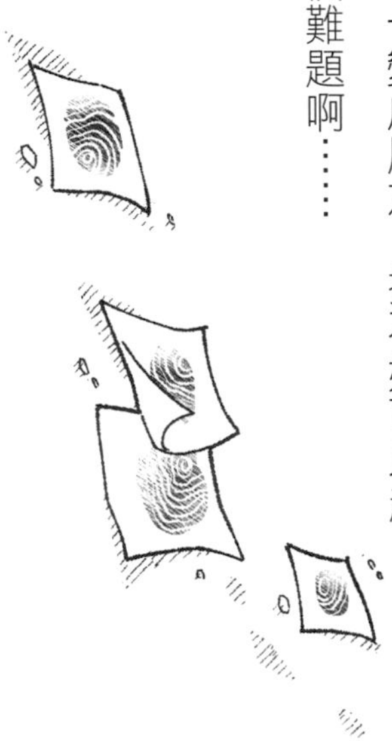

真相需要科學證據！

人類皮膚由外往內分為表皮、真皮、皮下組織，在表皮和真皮之間有一層「乳頭層」。顧名思義，乳頭層表面遍布著微小的乳頭狀突起，叫「真皮乳頭」，這些突起負責供給表皮養分，並使真皮和表皮緊緊黏在一起。真皮乳頭使得手指、腳趾、掌部等處的表皮形成紋路，紋路突起的部分稱為脊，凹處稱為溝，脊紋形成的紋路就是指紋。

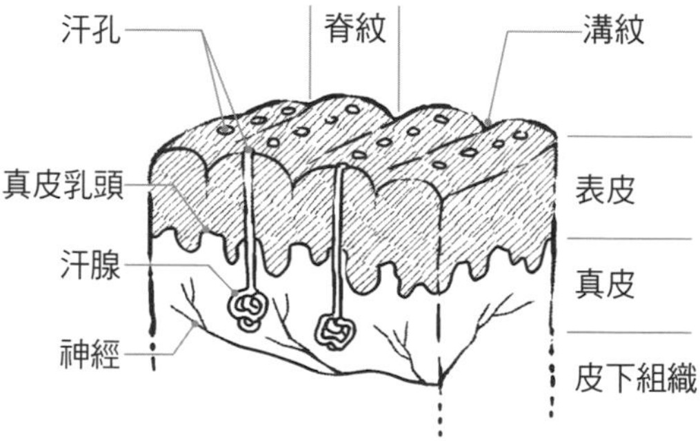

人的皮膚遍布著汗腺，手掌、腳掌也不例外，指紋的脊紋上就排列著一個一個細小的汗孔。為了調節體溫、滋潤皮膚與新陳代謝，人幾乎無時無刻不在冒汗，指紋上的小汗孔也是如此。汗液裡大多是水，但帶有少許蛋白質、油脂和其他物質，當手指碰觸到物體表面，汗水裡的物質會隨著脊紋而留下。指紋鑑識利用的正是這些物質。

破案之鑰

人類為什麼要有指紋……

指紋是許多靈長類動物特有的皮膚紋路，如猩猩、猴子、人類……在手指、腳趾、掌部都有這種凹凸起伏的紋路。比較特別的是，澳洲國寶動物無尾熊也有指紋，而且和人類的非常相似！

世界上沒有任何兩個人的指紋一樣，而且即使受傷脫皮，重新長出的皮膚上仍會出現同樣的指紋。這是因為長出指紋的部位，位在皮膚較深的地方，一般傷口或脫皮不致造成傷害，因此重新長出的皮膚上仍帶有同樣的指紋。

人一定有指紋嗎？

科學上不太使用「一定」這種說法，指紋這件事正是如此。沒有指紋的人，一種是刻意去除，但光磨去表皮還不夠，必須傷及真皮。曾有一位綽號「帥氣傑克」的幫派人物把手指上的皮膚削去，只留下半圓形的疤，但仍然逃不過法律的制裁，最後死於槍戰，而且他的指紋根本沒去除乾淨，執法人員根據殘留的痕跡辨識出他的身分！

另外，有一種非常罕見的遺傳疾病叫「皮紋病」，患者天生沒指紋，雖然似乎沒有其他病徵，但現代生活經常利用指紋辨識身分，上警察局、移民署辦事，捺指紋可說是例行公事，少了指紋常讓流程卡住，所以皮紋病又戲稱為「移民延誤病」，更別說使用手機有多麼不方便了！

科學眼 世界上沒有任何兩個人的指紋一樣，沒有指紋的人更是少之又少！

破案之鑰

怎麼看起來都好像？

那是因為你不會看！根據美國聯邦調查局的資料，指紋分為箕形、斗形、弧形三大基本類型，每一類又細分成不同紋型，總共八種。

弧形類
中間向上隆起像弓一樣，也叫弓形紋。

箕形類
紋線延伸到中心後反轉，形狀類似畚箕。

斗形類
指紋中心呈現圓形紋路。

聽說斗形的指紋愈多，人愈聰明吔！
太不科學了吧！

除了紋型，指紋還可分成不同的特徵，也就是局部的形狀和所在位置。例如紋線一分為二再合而為一，形成類似眼睛的形狀，這叫「眼形線」；一條線分岔成兩條叫「分歧線」；長得像個點叫「點線」……。單一指紋上的特徵點多達幾十個，甚至可能破百！

把指紋交叉比對，若紋型相符，並具有至少 12 個相同的特徵點，就視為相同的指紋。警方會把取得的指紋存入資料庫中建檔，並把比對工作交由電腦處理。

第三話 運動會氣球派對

氣球升空之後，會飄到哪裡去？

有人斷言會飄到外太空，但也有人說升到半空中就爆炸了。

這個問題我從來沒想過，但我記得有部動畫電影講一個白髮老爺爺的冒險故事，他利用千百顆氣球將自己的小木屋吊起來，然後飄揚在空中，去外面的世界探險。

未來會怎樣是不可知。現在的我，看不到自己以後會有勇於冒險的一天。不過今天我做了一件事：把心中的願望寫在氣球上，讓氣球帶著我的願望飛得又高又遠，彷彿這麼做就會有實現的一天。

這方法可不是我想到的，提出這個構想的人是校長程蓮花。我們這位程校長臉上永遠笑咪咪，聲音宏亮，總是人未到聲先到，圓滾滾的身材給人一種……穩重的感覺，註冊商標是貌似一朵花椰菜的爆炸頭。大家都叫她「花媽」，她知道了也不以為意，依然笑咪咪的說「叫我『花姊』比較好啦。」王元霸私底下嘲諷她：「都這把年紀還說自己是『姊』，我看叫她『花轟』才對！」

昨晚窗外的夜空烏雲密布，氣象預報說今天會下雨，誰也沒料到今天一整天卻是藍天白雲，正是舉辦運動會的好日子。花媽的「放氣球許願」活動，是為了替一年一度的運動會畫下完美句點，幸好沒下雨，否則幾百顆五顏六色的氣球升上天空的盛況就看不到了。以結果來看，花媽的運氣好得沒話說。

但對某人而言，今天卻是「衰」到爆。

・・●・・

「各位同學，今年的運動會即將展開，請大家全力以赴，勝敗不必……」玉茹老師點完名之後，照例要說一番鼓勵的話，但話還沒說完，她一伸手卻碰倒講桌上的杯子，灑了一地的水。幸好那是個木製

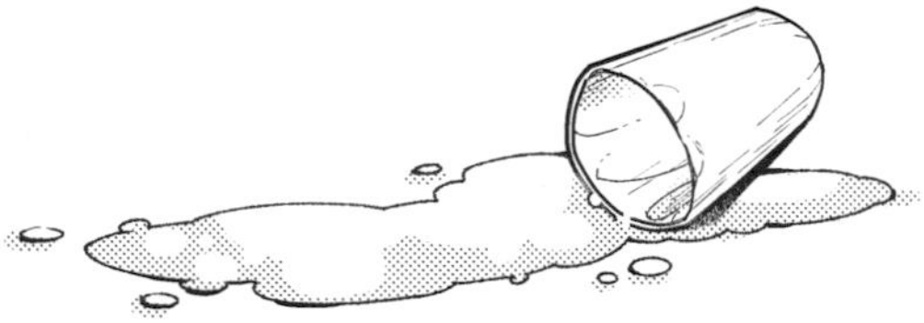

杯子，否則地上就不只是一灘水了。她彎腰要撿起杯子，但是左腳不聽使喚的猛然一踢，受到撞擊的杯子立刻滑出教室門口。好不容易終於撿回杯子，玉茹老師走回講臺，黃宗一隨即起身發言。

「老師，你今天不太對勁。」

「不關你的事。」

哇，太陽要打西邊出來了。老師對黃宗一的容忍度一向很高，今天對他居然不假辭色。

「行為異常就是一種不對稱。」黃宗一的音量雖然不大，但是咬字很清晰。也難怪他覺得異常，畢竟他今年才轉學過來，我們全班在去年運動會那天，就已經見識過玉茹老師的「異常」。通常在晨間點名之後，她應該要準備上第一堂課，這是她每天的例行公事。一旦日常作息受到了干擾，女康德就會變得手足無措。

「我只是要說，」她的聲音僵硬，表情很不自在：「大家盡力而為就好，勝敗不必太計較。」

她拍了拍手，擺明是要鼓舞大家，但是拍手聲乾癟、顯得欲振乏力：「按照我們昨天規劃的工作表，大家分頭進行吧。」

大家一哄而散，只有玉茹老師還呆呆站在講臺上。按照邱政的說法——其實是他那個警察老爸說的——固定的行為模式遭到破壞，會讓人失去安全感。所以我們都心裡有數，今天要依靠的人並非玉茹老師，而是我們班的錢若娟。

・ ● ● ● ・

「老大，快來幫忙！」「老大，這邊需要你的神力！」「救命啊，老大！」呼喚老大的聲音此起彼落，不時有條人影一溜煙的跑來跑去。這個「老大」正是錢若娟的綽號，意思是說她做人海派隨和，跟任何人都可以稱兄道弟。她跟王元霸差不多高，身材雖沒他壯碩，可是全身散發出一股強悍的氣勢，連學校的惡霸王元霸也不敢招惹她。

「老大，水桶好重！」

錢若娟二話不說馬上衝過來，先是蹲馬步，接著扭腰起身，立刻將礦泉水桶抬起來，安裝在飲水機上面。

「老大，瓶蓋打不開。」

她一轉身，右手搭在瓶蓋上，露出「老娘跟你拚了」的表情，然後狠狠一扭，只聽啵的一聲，瓶蓋被旋開了。

「老大，書架快倒下來了！」

她一陣風似的衝進教室，雙手一抬正好頂住兩座即將倒塌的書架。哇！驚歎聲四起，「簡直就是頂天立地的女漢子！」周遭甚至響起了掌聲。

「別看著發呆，快把書架推好，布幕拉起來。」我們班要把教室改裝成更衣間，於是四座原先靠牆而立的書架被搬到正中央排成一列，把教室隔成兩半，不足的部分則用布幕做屏障。這麼一來，男女生剛好各用一邊換衣服，兩造互不

侵犯。

「換好衣服的同學，記得要戴上紅色的頭帶，然後去運動場集合。」

頭帶共有七種顏色，今年只有我們班挑選紅色，因為老大偏愛紅色。錢若娟是發號施令的老大，而且是各項競賽的主將，除了代表我們班參加桌球、籃球和躲避球等球類競賽，另外還包辦一百公尺短跑和八百公尺接力賽，根本是精力旺盛的女超人。

我的運動神經還可以，所以挑了躲避球比賽。每回只要有球往我身上砸過來，我總是可以及時閃開。玉茹老師身為裁判，卻屢次被球K中，看來還處於恍神狀態。

本來我應該可以在場內待更久，但是突然看到不可思議的畫面：隋雲在場邊看我們班比賽，黃宗一不知從哪裡冒出來，還走到隋雲旁邊。他們倆在交談嗎？他們在說什麼？下一刻我聽到嗶聲響起，啊！

我被球砸中了。退場時我故意往他們倆所在的位置移動，沒想到黃宗一走開了。可惡，差那麼幾步，就可以聽見他們在聊什麼。

・
・
・
・
・

到了下午三點鐘，運動會已接近尾聲，全校師生幾乎都擠入活動中心觀賞桌球決賽。錢若娟走過操場，往東廂樓正面的那排樹木前進，靠著其中一株坐下來。這排樹有兩層樓高，坐在樹蔭下很涼快。以章均亞為首的幾個女生跟了過來，她們都是老大的鐵粉。

「老大，這次拿了幾個獎？」章均亞熱情的問。

「我沒算，」錢若娟淡淡的說：「盡力就好。」

「桌球輸得好可惜，」章均亞小心翼翼的說：「都是對方耍賤招，哪有那麼奇怪的發球動作。」

「輸了就輸了，不用找藉口。」

「這是多出來的氣球，你要不要吹吹看？」章均亞問。她手裡拿著一個軟趴趴的東西，那是還沒吹氣的氣球。有個大叔坐在兩公尺外，正在用打氣筒幫氣球充氣，咻的一聲，不用五秒鐘就吹好一顆。

先前中午休息時，每個人都分到一個扁平的氣球，並在上面寫下心裡的願望，再由班長統一收回交給校方。全校師生約莫五百人，那位大叔正在為那五百顆氣球打氣，也在為運動會的壓軸好戲打拚。

「不要勉強自己。」

突然插嘴的男生叫張旋，他和章均亞並非同一掛，是在場唯一的男生。他身高中等，成績普通，平常很安靜，大家對他印象還不錯，因為他總是面帶微笑，彷彿很願意傾聽。

老大微微一笑，卻接過氣球立刻就吹，只見她兩坨腮幫子鼓了起來，最後花了十秒鐘才將氣球吹飽。

「又輸了。」她看了看幫氣球打氣的大叔，再看看那顆沒寫上任何文字的黃色氣球，搖了搖頭，隨即把氣球尾端打個結，往章均亞手中一塞。

「走吧，去看桌球決賽，運動會還是要有始有終的參與才行。」說完，她跨步越過操場，朝著活動中心的方向前進。

・・・・・

桌球決賽一點也不精采，拿到冠軍的紀可欣發球姿勢太怪異了，簡直像在打羽毛球，難怪比數會一面倒。大夥兒走出活動中心時，遠遠的就看見花媽校長在操場分發氣球。紅橙黃綠藍靛紫的七彩氣球蠢蠢欲動著，好像巴不得趕快升上天空。

「同學們都過來喔，去找你們班導拿氣球。」

花媽真是太神奇了，一整天下來，她的聲音依然宏亮。站在一旁的玉茹老師剛好相反，垮著一張臉，纖瘦的身材更顯得弱不禁風，彷彿抓在手中的十幾個氣球就足以把她拉上天空。

我們正要從玉茹老師手中接過氣球，背後突然有人大叫：「老師，有人偷看我們換衣服！」

這個喊叫聲有如咒語般讓歡樂氣氛頓時凍結，也讓大家呆若木雞，全場只有兩個女生在跑動。她們是六年三班的同學，教室和我們一樣在東廂樓的二樓。

「是誰在偷看？」花媽問這兩個已來到眼前的女生。

「不知道。我們沒看到那個人的臉。」

「事情怎麼發生的？」

「教室裡面只剩下我們倆在換衣服，」回答的女生講話好像連珠炮：「結果發現有人爬到二樓欄杆在偷窺。」

「爬到二樓欄杆在偷窺？」

花媽像鸚鵡般重複這句話。全場每個人的目光不約而同的投向東廂樓的二樓。六年三班教室那個位置的欄杆外面，正好有顆黃色氣球卡在樹梢間。

「那個人好像有用手機拍照，」另一個女生哇的一聲哭了出來。

「沒看到臉，要怎麼抓人？」花媽看著抓在手裡的幾十條氣球線，臉上露出進退兩難的神情。

「那個人好像戴著紅色頭帶。」

哦喔，女學生提供的新線索，把全場的焦點轉移到我們班上來。

花媽立刻轉身瞪著玉茹老師。

「趕快把那個人揪出來！」

但玉茹老師文風不動，顯然還在恍神。花媽像銅鈴般的眼睛已經快要噴火了。這時有個男生從人群中走出來，是黃宗一。

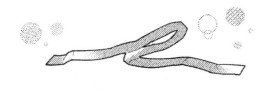

「樹上那顆氣球是從哪兒來的？」黃宗一問。

沒有人回答。王元霸衝上前去，以敏捷的身手爬上那棵樹想拿下氣球，但途中想抓住樹枝繼續攀爬時卻摔了下來，看來樹枝無法負荷他的體重。隨即又有人上前挑戰，這次爬上樹木的人是邱政，他只比王元霸多爬一小段距離，也同樣滑下來了。

「樹枝好像撐不住，」邱政像在辯解的說。聽見有人歎氣，他又補充：「不過我可以確定那顆氣球上面沒寫字。」

我聽見背後有人倒抽一口氣，隨後那個人走出人群。

「那一顆氣球應該是我吹的。」錢若娟說。

這句話就像是投下一顆震撼彈。爬上樹木偷窺別人換衣服的人，居然是老大？

「氣球是你放上去的？」黃宗一問。

「我沒放，」她停頓了一下：「可能是它自己飄上去的吧。」

「不可能。」黃宗一斬釘截鐵的說。

「為何不可能？」

「氣球能不能飄起來，關鍵在於密度。」

黃宗一指著氣球大叔旁邊的打氣筒。

「那裡面裝的應該是氦氣，」他說：「氦氣的密度比空氣密度小，所以灌入氦氣的氣球才會飄起來。」

「天靈靈、地靈靈，你講的東西我完全不行，」馬玉珍問：「為何密度比較小就會飄起來？」

「空氣浮力跟水浮力是一樣的道理，」科學怪探現身了：「比方說木塊的密度比水的小，所以會浮在水面上。以此類推，氦氣密度比空氣密度小，裝氦氣的氣球就會往上飄。如果是用嘴巴吹氣球，吹出來的氣體含二氧化碳，密度比空氣密度大，氣球當然飄不起來。」

咦，難道老大在說謊？

「是我放的。」這時突然殺出程咬金，張旋出面自首了。黃宗一露出沉思的表情。

「不可能，」接腔的人是隋雲。這是怎樣，她和黃宗一在唱雙簧啊？「你的身材跟邱政差不多，他再往上爬就會摔下來，換成是你，樹枝一樣也撐不住。」

「到底是誰把氣球放到樹上？」花媽真的快「花轟」了。

「如果把嫌犯鎖定在我們班，身材矯健能爬上樹，體重輕盈不會壓斷樹枝，最合理的可疑人選應該是……」隋雲伸手指向人群中的何文彬：「你這位動作靈活的小個子。」

「沒證據就不要胡說八道！」何文彬罵道。

「手機拿出來，就知道有沒有證據了。」

何文彬臉色一陣青一陣白。

「你應該還來不及刪除檔案，」隋雲冷冰冰的說：「我勸你別逃

跑，這麼做等於不打自招。」

五分鐘之後，四百多顆氣球同時升空，那個場面真是壯觀啊，天空就像是一幅巨大的畫布，染上七彩繽紛的顏色，而且這塊布就像會隨風抖動，叫人看了不禁欣喜雀躍起來。喔，這幅景象其實有兩個人沒看到，一個是訓導主任，另一個就是何文彬。訓導主任押著何文彬去訓導處打電話，請何媽媽過來學校一趟。

聽說何文彬是在東廂樓正面那排樹木附近撿到氣球，純粹因為窮極無聊才把它放到樹上，沒想到剛好撞見別班女生在換衣服，一時動了歪腦筋才拿出手機偷拍。

・・・・・

放學回家路上，我撿到三個像臭皮囊的破氣球，上面都有寫字，其中一個寫著：「希望可以再和錢若娟變成好朋友」。這該不會是張旋的願望吧？他一定很在乎老大，不然今天不會想幫她扛起偷窺的罪名。

至於另外兩個破氣球，一個寫著「我要變瘦、變得很苗條」，這沒什麼好說的，我們班就有五個女生會許這種願望；另一個就有點惡毒了：「我恨莊杏兒，我要她向我下跪」。莊杏兒是六年二班的班花，誰會對她懷有這麼深的敵意？本來我打算明天去向老師報告，可是青鳥建議我按兵不動，理由是根本毫無線索，報告也沒用，也許我可以先暗地裡查出是怎麼回事。

想到我撿氣球跟黃宗一撿紙屑的行為有異曲同工之妙，不禁讓我對於玩推理遊戲也感到躍躍欲試。好，有機會就來查一查，是誰對莊杏兒恨之入骨吧！

真相需要科學證據！

至於浮力，只要游過泳、泡過澡，大概都體驗過浮力的作用。當身體浸入水中，會有種輕飄飄的感覺，好像人被輕輕托起，體重變輕了。這股向上托起的力量，正是水的浮力！

但浮力有多少？為何有些東西浮得起來，有些東西浮不起來？這就像澡人人會泡，但有人泡了會睡著，有人卻能泡出「浮力定律」來，那人就是古希臘時代的大科學家：阿基米德。

阿基米德發現，把一個物體放入裝滿水的容器裡，溢出的水的重量就是這個物體受到的浮力！或換個說法，當物體進入水中，會把水擠開，排出一個空間，這個空間裡原本具有的水重，就是這個物體受到的浮力。

虛線中這塊被擠開的水的重量，就是他受到的浮力。

破案之鑰

到底密度是什麼？浮力又是什麼？

按照字典裡的說法，密度是指物體所含物質組織的疏密程度。聽不懂？試試下面這個比較科學的表示方法：

密度＝重量 ÷ 體積

物體的重量除以體積，也就是每個單位體積的重量，就是「密度」。單位體積的重量大，代表所含物質的組織較密，因此密度大，反過來就是密度小。例如：

1 立方公分 (cm^3)
約 1 公克 (g)

密度約 1g/cm^3

1 立方公分
約 7.8 公克

密度約______g/cm^3

1 立方公分
約______公克

密度約 0.5g/cm^3

這個觀念也可以用來計算物體的重量，當你知道物體的體積和密度，把兩個數字相乘，就是物體的重量。同體積的物體密度小則輕，密度大則重。例如：

密度約 1g/cm^3
10 立方公分約 10 公克

密度約 0.5g/cm^3
10 立方公分約______公克

著變小，直到與重量相等，木塊就浮在水面上靜止不動了。

把木塊換成鐵塊又會如何？由於鐵塊的密度遠大於水的密度，在水中所受的重力遠超過浮力，因此會一路下沉，直到容器底部。

浮力＝鐵塊排開的水重
＝排開的水體積 × 水密度

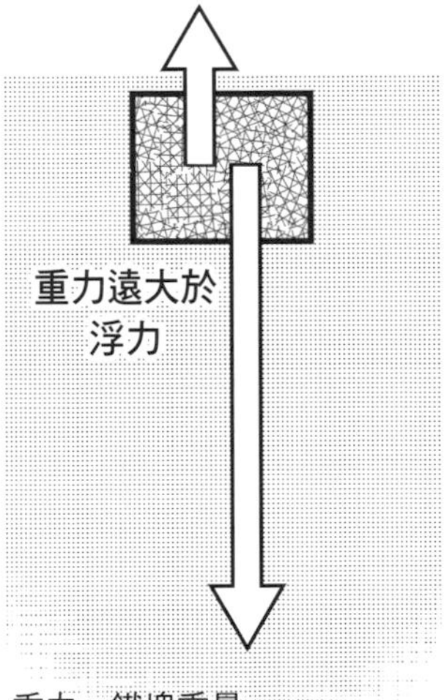

重力＝鐵塊重量
＝鐵塊體積 × 鐵塊密度

雖然有點複雜，不過仔細思考後應該可以發現，一個物體要在水中浮起來，密度必須小於水，而且密度愈小，需要排開的水重愈小，即可達到平衡，也因此浮得愈高。把水換成其他液體也一樣，換成空氣也一樣。這才是密度愈小愈容易浮起來的真義。

現在，你可以想想看輪船為什麼可以漂在水面上了！再想想看，輪船如果不幸進水，密度又會產生什麼變化呢？

科學眼 會不會浮起來跟物體的輕重無關，關鍵在單位體積的重量，也就是密度。

破案之鑰

但為什麼密度愈小愈容易浮起來呢？

因為密度愈小物體愈輕呀！

如果你以為「密度愈小物體愈輕」可就錯了！這樣的說法並不科學。一把木頭椅和一根小鐵釘，誰輕誰重？誰浮誰沉？再想想看海面上的大船，難道重量很輕嗎？

一顆蘋果會從樹上掉下來，是因為受到地心引力的吸引，這股力量叫重力；但當蘋果落到水面，卻不會繼續往下掉，因為水的浮力抵銷了重力，使得蘋果停在水面上。

現在把蘋果換成木塊。以手指按壓木塊，直到它整個沒入水中，再放開手指，這個過程發生了什麼事？

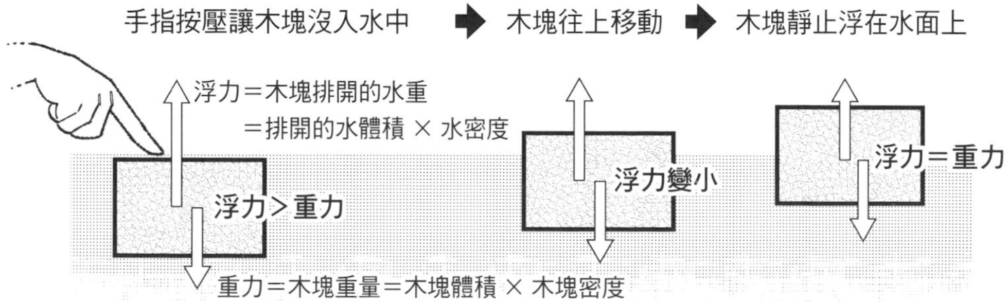
手指按壓讓木塊沒入水中
木塊往上移動
木塊靜止浮在水面上
浮力＝木塊排開的水重
＝排開的水體積 × 水密度
浮力＞重力
重力＝木塊重量＝木塊體積 × 木塊密度
浮力變小
浮力＝重力

一開始，木塊承受的浮力大於它的重量，因此木塊在你的手指下蠢蠢欲動。當你放開手指，木塊不再受阻，於是受浮力推動而往上移，排開的水也就變少，使得浮力跟

第四話 超能力老爸

世上真的有超能力嗎？

電影裡的超能力者，平常隱身在眼鏡和西裝的平凡裝扮下，一有危機狀況，立刻搖身一變，以超人姿態飛天入地來救苦救難。漫畫中的超能力者更是不勝枚舉，譬如擁有能讓物體移動的念力，或是會透視、會隱形、會讀心術、會人體發火和生電……種類多到彷彿超能力真的存在於世上。

也許我應該問的是，你最想要哪種超能力？像我就很想要有瞬間移動的本領。不開心的時候使出超能力，轉眼間就來到別的地方，同時可以馬上轉換心情。如果能讓時間暫停也不錯，至少在心情平復之前，不必在別人面前強顏歡笑。

超能力是大家都喜歡的話題，特別是每逢電影上片時，必然引起熱烈討論。就拿我們班來說，最愛聊超能力話題的同學是余唯心和鄭少傑，他們倆一打開話匣子就滔滔不絕，尤其是余唯心，她爸爸正是超能力者。

喔，我修正一下我的說法，其實是余唯心宣稱她爸擁有超能力，表面上是政府機關的職員，每天穿西裝打領帶走進豪華氣派的辦公大樓，一旦發生緊急事件，他會換上輕便的緊身衣，搭乘祕密電梯到地下室開跑車，或是直達屋頂搭直升機去出任務。

‧ ● ● ● ‧

「真的假的？」章均亞問：「你爸去出什麼任務？」

「上個月不是有銀行搶案？」余唯心得意洋洋的說：「有個行員偷按了警鈴，五分鐘後大批警察包圍了銀行，導致搶匪挾持銀行裡的人當人質，結果和警方對峙了半個小時。」

「你爸是負責攻堅的警察隊長？」

「別拿我爸跟那些無能的警察相提並論好不好？」余唯心嗤之以鼻的說：「案子是我爸破的，功勞卻給了那些沒出力的警察。」

「急急如律令，」馬玉珍插嘴問：「你爸用超能力來破案？」

「首先，」余唯心伸出右手大拇指：「我爸用穿牆術靜悄悄的進入銀行……」

她停頓下來，四周正如她所料的響起驚呼聲。

「再來，」她同時豎起拇指和食指接著說：「他用讀心術看穿匪徒的意圖，知道這些亡命之徒很快就要痛下殺手……」

「那怎麼辦？」

這次停頓引來姚夢萱的回應，她一臉蒼白，宛若身歷其境的搶案人質。

「最後，」余唯心的中指跟著拇指和食指一起豎了起來：「他使

出瞬間移動的超能力，一秒就打趴三名搶匪。攻堅的警察只是坐享其成罷了。」

「我爸沒講過這件事。」邱政一臉狐疑。

「這麼丟臉的事，怎麼說得出口？」

「你爸這麼了不起，」章均亞問：「怎麼不叫他來學校的班親會露個臉？」

「我爸很忙，況且超級特務都很低調，哪有可能隨便出來拋頭露面。」

「你幹嘛告訴我們這些，」馬玉珍問：「不怕我們說出去？」

「看在同班同學的份上，我才說出來。萬一你們走漏風聲，照樣會被……」余唯心將手掌放在頸子上作勢一砍：「滅口！」

身為好麻吉的鄭少傑出面幫腔了。

「超能力者一定要低調，不然就麻煩大了，」他斬釘截鐵的說：

「你想，超能力者如果去打棒球，隨手一揮就是全壘打，或是球才剛打擊出去，人就已經跑上一壘，觀眾絕對會認為有鬼。」

鄭少傑不愧是棒球迷，他有一顆職棒全壘打王的簽名紀念球，每天都帶來學校炫耀。他和余唯心感情超好，兩人座位只相隔著走道，而且家境都不錯，男的是帥哥打扮，女的一身千金小姐行頭。大家覺得他們是班對，但這兩個人矢口否認，異口同聲的說他們只是「超級好朋友」。

以前聽他們對話，我總覺得自己被唬得一愣一愣，分不清事情的真假。現在班上轉來了黃宗一，我很想問他對於超能力的看法。

結果就在今天，我終於聽到他怎麼說。

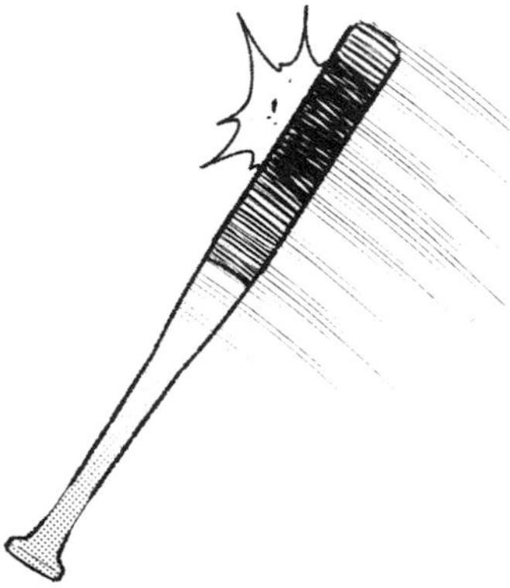

今天下午的體育課結束後，大家從操場走回教室，心裡多半想著待會兒要大口喝水，或是去福利社買涼的來喝，但跨上階梯時，有幾個同學已經發現異樣。我也是其中之一。

「好香，」王元霸的鼻孔撐大，簡直像兩個並排的隧道口：「這是肉的香味。」

「我肚子在咕咕叫。」宋謙左嗅右聞的說。這傢伙是王元霸的換帖好兄弟，兩人三步併成兩步衝上樓梯。

我走進教室時，有好幾個同學聚集在黑板前面，包圍著一位中年大叔。我走近一聞，香味更濃烈了，而且還聽到嘶嘶叫的劈啪聲。

「香雞排！」章均亞叫道：「夜市最夯的商品，要排隊半小時才買得到！」

這麼一說，我倒是有印象了。我在夜市看過這位留小平頭的大叔，他總是把蛋打入麵糊裡，再裹在一片片雞排上，然後放入熱鍋油

炸。現在，他等於是把夜市的現場搬到教室來。問題是，賣炸雞排的攤販大叔跑來我們班幹嘛？

「我來也！」王元霸伸手想抓雞排，卻被大叔一把握住。沒想到大叔個頭不高，卻有一雙驚人的巨掌。

「鍋子裡的熱油溫度高達兩百度，」大叔惡狠狠的說：「你的手也想變成香雞排？」

此言一出，圍在鍋前的同學們立刻倒彈三步。玉茹老師趁機介入。

「大家趕快坐下來，」她說：「今天的自習課改成慶生會。」

慶生會？今天是誰生日？

「老闆準備了五十片雞排，保證大家吃到飽。」

耶！男生們歡聲雷動，有人說晚上不用去排隊了。

玉茹老師突然轉頭看教室前門：「站在那邊幹嘛？趕快進來。」

大叔也轉過頭去，臉上瞬間堆滿笑容。他的雙手先放在有一堆口袋的圍裙上面擦拭，再朝著門口揮手。只見余唯心站在門口文風不動，玉茹老師走過去帶她入座，接著回到講臺上。

「余爸爸工作很忙，每天都要做生意到半夜兩三點，所以今天想提前幫他女兒慶生。」

余爸爸？他女兒？我一聽呆住了。難道今天的壽星是……有好幾對目光同時往第二排第二個座位張望。

「你爸賣雞排？」馬玉珍問。

「你不是說你爸在政府機關上班？」章均亞跟著問。

余唯心一臉鐵青，嘴巴抿成一線。

「賣雞排該不會是你爸的偽裝吧？」鄭少傑突然發難。

「不要再說了。」錢若娟喝道。

「你從頭到尾都在騙我，」鄭少傑瞪著左側的余唯心說：「騙我說你爸是超級特務，還說你爸擁有超能力！」

余唯心咬著下唇，一副泫然欲泣的表情。

發現自己的好麻吉在撒謊，一定會對她講過的話都打上問號。我可以理解鄭少傑為何氣成那樣。

「我是真的相信超能力的存在，」鄭少傑繼續往下說：「我跟你說了那麼多，看來你心裡當我是笨蛋吧。」

余唯心一躍而起，雙手如降雨般朝著鄭少傑身上拍落，她邊打邊罵：「你這個大笨蛋！你這個大笨蛋……」一連串猛捶讓鄭少傑招架不住，結果整個人摔倒在地。余爸衝過去把余唯心拉開。周遭的同學有人扶起鄭少傑，有人幫忙撿起散落一地的東西。

「你來學校幹嘛？」余唯心怒道。

「你不是說我都沒空幫你慶生，」余爸好聲好氣的說：「所以我提早來學校幫你過生日，也請你同學吃雞排。」

「誰稀罕！我不要吃你的雞排，你害人家在同學面前丟臉！」

余爸臉色一僵，頓時啞口無言。余唯心頭一甩，走回自己的座位。看到父女失和吵架，玉茹老師也沒轍，這就叫清官難斷家務事。

突然，鄭少傑打破了靜默。

「我抽屜裡的紀念球不見了！」他叫道，目光直盯著余唯心。

「給你搜啊。」

他搜了她的抽屜，也檢查過她的書包，但是一無所獲。如果球不在余唯心那邊，那麼嫌犯就是剛才曾湊過來幫忙的同學……

「老師，」邱政大聲說：「這時候要封鎖現場，不能讓嫌犯有機會把贓物送走！」

眾人視線全射向玉茹老師，等待她發號施令，不料開口講話的人卻是余爸。

「各位同學，唯心沒騙人，」他喊道：「你們看，我是真的有超

能力！」

只見他雙手探入熱滾滾的油鍋，雖然時間只有一兩秒，但是他的十根手指真的放進去了，而且沒變成炸雞排！啊！有人發出尖叫聲。

「我沒看清楚，」何文彬說：「再做一次。」

余爸聞言，右手先抓起雞排沾了麵糊，再把手放入浮著冰塊的一碗清水中，接著抓著雞排探入油鍋，油炸的嘶嘶聲立刻響起。當他舉起空無一物的右手時，現場有人倒抽一口氣。

隨後他的左手伸入有冰塊的碗內，然後徒手直接置入油鍋。儘管一兩秒後便將左手舉高，但還是安然無恙。這是怎麼回事？我簡直不敢相信自己的眼睛。拜託，兩百度吔！

「黃宗一，這真的是超能力嗎？」

邱政的口吻像在發出挑戰書。黃宗一稍微扭動脖子，好整以暇的站起來，朝著油鍋前進，端詳了熱油中浮著好幾塊香噴噴的雞排，然後在講臺上轉身面對大家。

「超能力是否存在，我沒辦法回答，」他開講了：「我沒親眼看過，也不曾親身經歷過它的威力，不過……」

他平舉右掌，像在阻止別人發問：「我沒看過的東西，並不表示它不存在。即便是科學，也無法解釋世上所有的現象。」

他往油鍋瞄了一眼。

「各位剛才目睹的現象，倒是可以用科學來解釋，」他以就事論事的口氣說：「一般來說，水溫抵達沸點一百度時會迅速沸騰。不過，『萊頓弗羅斯特現象』卻指出，液體若是接觸到遠超過它的沸點的東西，表面會瞬間形成一層蒸氣，具有隔熱效果，反而大大降低了液體沸騰的速度。」

「聽不懂，」王元霸叫道：「拜託講人話行不行？」

「回去看你媽怎麼炒菜，」黃宗一回答：「為了確定鍋子夠熱，

你媽會讓水滴落在滾燙的鐵鍋裡，這時候如果水珠在鍋內四處滾動，表示鐵鍋夠熱，已產生萊頓弗羅斯特現象。鍋裡的水不但不會迅速沸騰，反而因為表面有蒸氣帶來隔熱效果，而形成水珠滾動。」

有人還是一臉疑惑，於是他補充說明：「民間有所謂的過火儀式，法師或乩童會踩過一條火道，而火道上面鋪蓋著燒得火紅的木炭。你看他們赤腳快速踏過火道卻沒燙傷，很神奇吧？那是因為他們的腳先泡過水。」

哦，過火的影片我看過，原來不是神明附體，而是運用了科學原理。難怪他們走得那麼快，一慢下來就要破功了。

「同理可證，雞排大叔的雙手都沾過冰水才下鍋，並且只下鍋一兩秒而已，所以他的手不會燙傷，」他停頓一下：「還有一個更簡單的解釋，那就是每天晚上都在抓捏熱油鍋裡的雞排，他雙手的皮膚已經變厚，或是習慣高溫了。」

全場鴉雀無聲。這時，突然響起肚子叫的咕嚕聲。

「可以吃了嗎？」王元霸問。

「如果不會後悔的話，那你就吃吧。」

「什麼意思？」

黃宗一沒接腔，雙手插入褲子口袋裡。

「如果你不介意吃加料的雞排，那就請便。」回話的人是隋雲。

「加什麼料？」

「合成皮，」隋雲答道：「鄭少傑的紀念球在油鍋裡，現在應該被炸得不成球形了吧！」

咦，為什麼會這樣？那顆球是何時下鍋的？

「是誰拿走紀念球？我們可以鎖定剛才靠近過鄭少傑的幾位同學。余唯心嫌疑最大，不過在她身上並沒有搜出那顆球，但我相信關鍵還是在她身上，因為她爸施展超能力的時間點很突兀。」

隋雲說得沒錯，當時原本很可能會對全班同學進行搜身。

「根據我的推斷，余唯心爆打鄭少傑的時候趁亂摸走了紀念球，接著趁她爸拉走她時，把球塞入她爸的圍裙口袋。當余爸聽到紀念球不見了，卻發現球在自己身上，隨即明白怎麼回事，但又擔心球會被搜出來，所以只好以施展超能力為名，把球藏在巨掌中並塞到油鍋內銷毀。」

漂亮！好精彩的推理。我聽到有人在鼓掌，這就是真相大白的意思吧。

・・・・・

後來這場風波落幕了，為了賠償那顆紀念球，余爸應允鄭少傑一年內去吃雞排完全免費，但不知他會不會領情。因為鄭少傑和余唯心的友好關係已經破裂了，他們父女倆的感情也得重新修復。

我真的很驚訝，原來余唯心是冒牌千金小姐。不過青鳥告訴我，人人都會說謊，所以對每個人講的話都要質疑。哇，這樣不是很辛苦嗎？時時刻刻都要提防別人。

但是青鳥又說，對人性產生幻滅不見得是壞事，因為幻滅就是成長的開始。青鳥還跟我說，總有一天會帶我去很遠的地方。好希望那天快點到來。

不過，我還是很羨慕黃宗一和隋雲，他們倆是什麼時候培養出默契？只要一個眼神，就知道該換人接手推理。我也好想要有這種心靈相通的超能力喔！

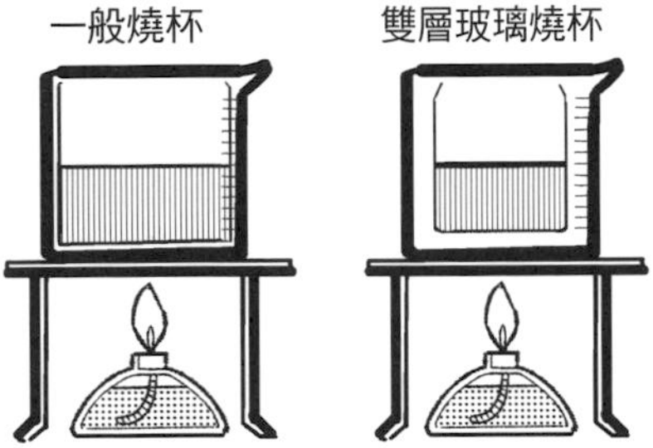
一般燒杯
雙層玻璃燒杯

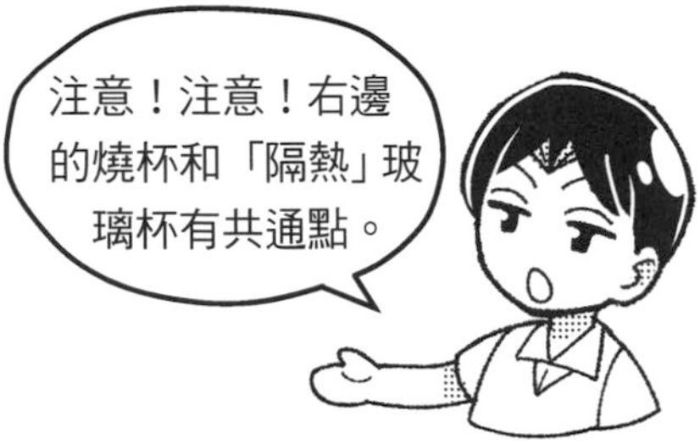
注意！注意！右邊的燒杯和「隔熱」玻璃杯有共通點。

杯子下方的火焰散發熱量，透過杯子傳導給冰塊，使冰塊溫度上升，於是融化成水。若繼續加熱，水溫會繼續上升，直到沸點，於是沸騰。但從哪裡開始沸騰而化成氣泡呢？想想看哪裡的溫度先抵達沸點，就能知道答案。

如果燒杯的玻璃是雙層的，玻璃之間夾有空氣，放在其中的水會比放在一般燒杯時更快或更慢沸騰呢？關鍵在於哪一種器材傳導熱量的速度較快，就能較快把水燒開。在科學上，會用「導熱率」來表示物質導熱的速度，一般來說，固體的導熱率大於液體，液體的又大於氣體。

回到媽媽的炒菜鍋，把水珠灑在鍋上時，分別出現下面三種狀況，請根據鍋子溫度的高低，由低排列到高。

A
B
水蒸氣
C

科學眼 不同溫度下的水具有不同形態，不同形態的水導熱率不一樣，液態的起碼為氣態的十倍以上。

答案：C、A、B。A大約為沸騰，B為萊特弗羅斯特現象。

破案之鑰

溫度不同會不一樣嗎？

這是當然的！應該都知道水的三態變化吧！

在這次事件中，出現了冰、水、水蒸氣，這些其實都是「水」，只是狀態不同。在一般溫度和壓力下，水是會流動的液態；當溫度降到攝氏 0 度，液態水開始凝固，變成固態的冰；如果加熱到攝氏 100 度，水會開始沸騰，變成水蒸氣。這三種狀態的變化，就叫水的三態變化。

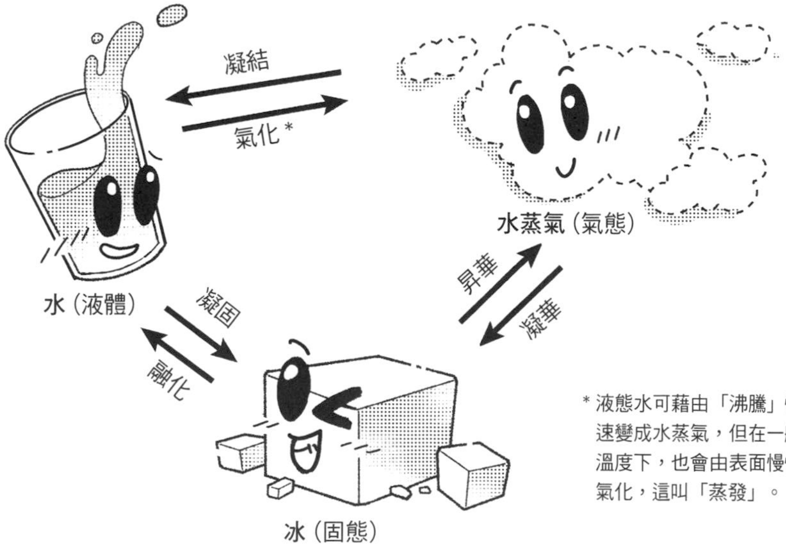

＊液態水可藉由「沸騰」快速變成水蒸氣，但在一般溫度下，也會由表面慢慢氣化，這叫「蒸發」。

如果把一大塊冰或許多小冰塊放入耐熱的燒杯裡，並擺在酒精燈上加熱，會發生什麼事？

第五話 誰家的小孩？

叮咚！每次聽到門鈴響起，我都會想像門一打開，外面站著一對穿著體面的中年男女，臉上露出歉疚的表情，並用請求原諒的口氣對我說：「對不起，寶貝，讓你久等了，我們來接你回家了。」

這對中年男女才是我的親生父母。我點點頭，忍住不讓淚水流下來。我了解的，因為當年你們有苦衷，所以不能把我留在身邊，因為你們要出外打拚，沒辦法照顧我，只好把我交給別人撫養長大。我明白的，所以我一直都很乖，沒給別人帶來麻煩。現在你們事業有成，總算可以把我接回家了。

碰的一聲門關上，我的幻想隨之破滅。結果這只是我內心小劇場上演的一齣戲，它終究是一場空，是個從來不曾實現的妄想。我覺得自己好像過著寄人籬下的生活，被我稱為「爸」、「媽」的那兩個人，要嘛對我大呼小叫，要嘛就當我不存在。他們忘了幫我慶生，忘了幫我繳學費，忘了幫我準備校外教學的便當，忘了我還在家卻一聲不吭的出門了。說真的，我打從心底懷疑我並不是他們的小孩。

我好羨慕那些被爸媽捧在手心的小孩。

六年二班的莊杏兒正是我羨慕的對象之一。

莊杏兒的父親是大公司老闆，家境優渥是可想而知，最重要的是她身為獨生女，每天上下學都有轎車接送，爸媽當她是心肝寶貝來伺候，真的是集三千寵愛在一身。再加上她長相可愛，一笑起來會露出兩個迷人的小酒窩，對男生來說簡直是不可抗拒的「殺必死」！

不過，我對她的羨慕到此為止，因為她的個性實在令人不敢領教。有一次我們班和六年二班一起在視聽教室上課，老師講到衣索比亞某地區的人民餓到沒飯吃。

「為什麼他們不吃麵呢？」莊杏兒站起來，一派天真的問：「蘋果派也不錯吃啊。」

「這位同學，有時候老天爺不賞臉。」老師很客氣的說：「有人不但沒飯可吃，連麵也沒得吃。」

「沒得吃？怎麼可能？」莊杏兒一臉狐疑的說：「我就不信花錢會買不到。」

我聽了差點昏倒。她大概以為非洲就跟我們住的地方一樣，走到巷口附近就有一家便利商店。這就是她的問題所在，以為每個人都含著金湯匙出生。

還有一次是聯合班親會，校方準備好幾碟糕點要給來賓享用。莊杏兒一看見抹茶蛋糕，立刻往自己盤子裡面夾了好幾塊。

「同學，這種蛋糕的熱量很高哦！」某位家長對她說。

「沒辦法嘛，我是抹茶控。」她吐著舌頭說。

「現場可能還有其他抹茶控哦！」

「是喔！」她眼睛為之一亮：「那你趕快叫他們過來吃呀。」

這就叫做對牛彈琴，完全沒意識到別人在用委婉的方式提醒她拿太多。不過，更誇張的還在後頭。長桌上擺了一大缸芋頭西米露，莊杏兒拿起湯匙舀了一瓢，張嘴就喝，然後再將湯匙置入缸內。

「同學，你怎麼可以這樣？」旁邊的老伯睜大眼睛說。

「我怎麼了？」

「你湯匙舀起來就直接放到嘴裡喝……」

「有什麼不對嗎？」

「別人會喝到你的口水……」

「啊……」她愣了一下才回答：「對不起，我沒注意到，我在家裡都這樣喝。」

好噁！她以為自己的口水有多香啊。這個不會顧慮別人的白目女沒救了，所以我看到運動會的氣球上寫著「我恨莊杏兒，我要她向我下跪」，當下並不覺得奇怪，只是納悶這個人是誰？為何對莊杏兒懷有這麼深的恨意？

會與人結仇，通常出於兩個原因，一個是牽涉到錢財，另一個是感情糾紛。這當然不是我的人生經驗談，而是青鳥告訴我的。青鳥還說，好朋友會為了錢翻臉，也會因為喜歡同一個人而變成情敵。我覺得這話滿有道理，喜歡姚夢萱的那幾個男生的確很少玩在一起。

當然啦，莊杏兒沒有金錢上的麻煩。我也調查了她的人際關係。雖然是班花，不過六年二班的女生都沒排擠她，大概是因為她雖然很白目，但至少沒有大小姐脾氣。她跟班上的男生都處得不錯，儘管好幾個男生表態喜歡她，不過當事人沒有跟誰走得特別近，結果形成人人有機會、個個沒把握的情況，那些男生並沒有因為她而變得見面分外眼紅。

那麼，是誰在恨她呢？

我花了幾天明查暗訪，結果一無所獲。唉，偵探也不是那麼容易當啊。看來寫在氣球上的訊息只是惡作劇吧。正想著算了，我也懶得再找藉口去六年二班打探情報，卻沒想到今天的午餐時間，莊杏兒拿著粉紅色保溫瓶來我們班串門子。她去找鄭少傑和邱政聊天，這並不奇怪，畢竟他們家都有錢有勢，但最後她居然找上黃宗一攀談。

「黃宗一，我今天這樣穿有符合對稱之美嗎？」今天是一週一次的便服日，莊杏兒穿著長裙，感覺有點超齡。

她走到黃宗一面前，雙手往外一攤，右腳踏前一步，膝蓋微曲，像舞者在謝幕似的。

咦，這是在幹嘛？她的口氣怎麼像在撒嬌？這是在向黃宗一放電嗎？然而他一開口卻大煞風景。

「從身體正中央直直畫一條縱線，左右兩邊的圖像要相同才算對稱，」他一副就事論事的口吻：「你的淡紫色長裙是單一色系，所以符合對稱的標準。但是你灰色上衣的幾何圖案很混亂，一點也不對稱。」

「如果我換穿白色上衣呢？」

「若是純白上衣，那就很完美了。」

「可是，白色代表什麼意思？」

「一般來說，白色代表潔淨和純真。」

「純真？我覺得不是這樣，」她皺起眉頭：「應該哪裡有問題才對。」

「哪裡有問題？」黃宗一定睛看著她。

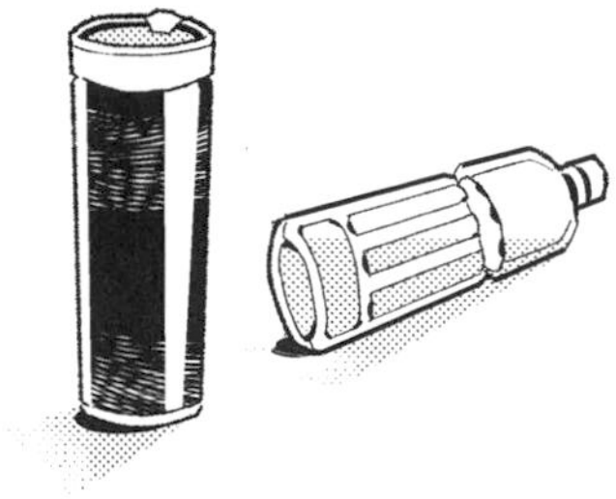

「不……」莊杏兒一臉驚慌的說：「沒有問題……」

她倏然轉身。黃宗一又問：「你到底要問什麼？」

「沒事……」她支吾其詞，隨後拔腿就跑。快到教室門口時，她的長裙鉤到隋雲的輪椅，因此重心不穩絆了一跤，整個人倒向剛走進來的蔡淑芬，同時撞掉她手上的寶特瓶，裡面的液體外洩而灑出來。

莊杏兒撿起瓶子，旋緊瓶蓋，舔了舔自己的手，隨即露出嫌惡的表情。

「檸檬汁！」她像在甩開什麼見不得人的東西，連忙把寶特瓶塞進蔡淑芬手裡，並將自己的保溫瓶遞出去：「這個賠你。」

「不用賠我。」蔡淑芬往自己手上瞥了一眼：「還有半瓶。」

我想起來了，蔡淑芬家裡開水果攤。每次我經過她家，都看見她在擠檸檬或柳丁汁，一瓶賣一百元。

莊杏兒才跨出門外幾步，就被姚夢萱伸手拉住。

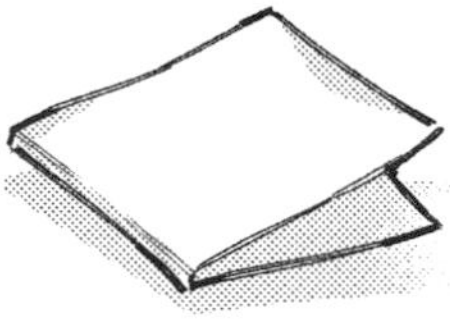

「你有聽說劉媽家的狗被調包嗎？」

「是喔？」

「百萬名犬被換成一隻外觀超像的雜種狗。」

「那還是一樣可愛啊。」

「對啊！」姚夢萱點頭稱是：「但是大人都說可愛不重要，重點是要血統純正。」

「是喔……」莊杏兒還沒回話，就被他們班的男生周彥宇拉到旁邊去。我看見他掏出一張白紙，莊杏兒當場臉色大變，不但沒收下來，反而把紙推開，接著轉身跑掉。

咦，莫非那是告白信？難不成周彥宇一直在糾纏她？哦喔，本案總算有進展了。因愛生恨而寫下惡毒的訊息，周彥宇很可能就是頭號嫌犯！

本來我還在擬定作戰計畫，未料下午就破案了。

掀開序幕的是第一堂下課時間，實驗教室突然起火，幸好很快就撲滅了。現場有個角落殘留著一堆燒焦的紙屑，完全無法辨識上面寫了什麼。訓導主任馬上來我們班要何文彬自首認罪，何文彬照舊大喊冤枉。

玉茹老師只講一句話就讓訓導主任拂袖而去：「有證據嗎？」十分鐘後，訓導主任捏著周彥宇的耳朵回來。原來有人目睹周彥宇逃出實驗教室，作證他就是縱火犯。不過，周彥宇表示他不是故意縱火，除此之外什麼都不說。訓導主任再度指控何文彬是共犯，引來何文彬如抓狂般哀號慘叫。在吵翻天的節骨眼上，黃宗一走出教室，返回時手裡拿著一張白紙。

黃宗一不在的這段時間，教室裡簡直鬧得雞犬不寧，據說同時間有人看見黃宗一在實驗教室繞圈踱步，嘴裡嘀咕著「怎麼把我最喜歡的地方搞成這樣」，又在牆角鐵櫃的底座空隙撿了一張白紙。那張紙如今就在他手上。

「雖然你不是故意縱火，不過既然要毀滅證據，就千萬不要留下漏網之魚，」他高舉手中的白紙，對著周彥宇說：「這張紙你還沒看過吧。」

周彥宇依然沉默不語，倒是訓導主任說話了：「你在說什麼？白紙有什麼好看？」

「你燒掉十幾張紙了吧。」黃宗一自顧自的往下說：「就算再怎麼遲鈍，連續收到十多張白紙，也該質疑這上面有什麼機關。」

他請旁邊的張旋捏住紙的一角，自己則捏著另一角，原本空著的手突然冒出一支打火機，隨即點燃火花。

「你要幹嘛？」章均亞喊道。

「只是稍微烤一下。」

黃宗一將打火機置於紙面下方，保持安全距離加熱它。沒多久就聽到張旋大叫：「上面有字！」

黃宗一朝著周彥宇攤開那張紙，上面出現棕色字體：

狗被調包，嬰兒也有可能被調包。

「內容不一樣！」

周彥宇發出驚呼，很多同學卻感到一頭霧水。「什麼意思？用狗來調包嬰兒？怎麼可能嘛！」我明白那行字在說什麼，因為我剛好聽到莊杏兒和姚夢萱的對話。

「哪裡不一樣？」黃宗一問。

「我燒掉的白紙上面都寫著『當年你爸媽在醫院抱錯嬰孩』，這

封卻不一樣。」周彥宇回答：「這應該就是下午第一節下課期間出現在她抽屜的那一封。」

「她抽屜？」黃宗一說：「你說誰？你在保護某人吧。」

周彥宇低頭不語，後方突然有聲音響起：「他在幫我的忙。」這人是莊杏兒。

「從現場證據來看，」黃宗一又說：「信是誰寫的，答案已經呼之欲出。」

莊杏兒和周彥宇不約而同的大叫：「是誰？」

偏偏這時候王元霸出來攪局。

「我聽不懂你們在講什麼，但黃宗一，可不可以先解釋你的魔術是怎麼變的？」

黃宗一瞪著王元霸一會兒，終於變身為科學怪探。

「這是所謂的隱形信。」他開始解釋：「做法很簡單，只要用檸檬汁在白紙上寫字，等它乾了就變成隱形信。紙張的主要成分是纖維素，纖維素由成千上萬的葡萄糖分子相連而成，檸檬汁含有檸檬酸，可以使纖維素中的葡萄糖分子分解出來，當紙張受熱，葡萄糖分子會脫水，也就是『焦糖化』，生成褐色的新物質，字體因此浮現出來。」

他指著莊杏兒說：「你收到了十幾封隱形信。」然後又指著周彥宇說：「你這個幫手反應比較快，想到上面可能有看不見的字。只是你太不小心，讓一堆紙燒了起來，於是你趁機把所有的紙燒毀再滅火，卻漏掉了最新的一張。」

語畢，他走回自己的座位坐下來。

「隱形信是誰寫的？」

面對眾人的詢問，黃宗一就像關掉電源似的不予回應。等一下，如果發信者只局限於知道狗被調包的人，不就意味著隱形信有可能出自姚夢萱之手……我還以為兩大美女之間並沒有心存芥蒂……

「發信人一定符合三個條件。」隋雲一開口，全場立刻安靜下來：「第一，必須知道狗被調包的事情。第二，必須在今天中午得知莊杏兒也曉得狗被調包的事情，然後在校內寫這封信給她。第三，手邊必須有寫隱形信的材料。」

午餐休息時間、在教室門口附近、聽見狗被調包的消息……這麼說來，這個人是……

「原來是你！」莊杏兒叫道：「為什麼？」

「只是要提醒你可能搶奪了別人的人生。」

「直接寫出來就好，幹嘛用隱形信？」

「讓你自己找出答案豈不是更加震撼？」

「幹嘛寫信給我？到底關你什麼事？」

這一次，蔡淑芬只是笑而不答。

・●●●・

我調查了好幾天，結果還是被黃宗一和隋雲捷足先登，而且他們

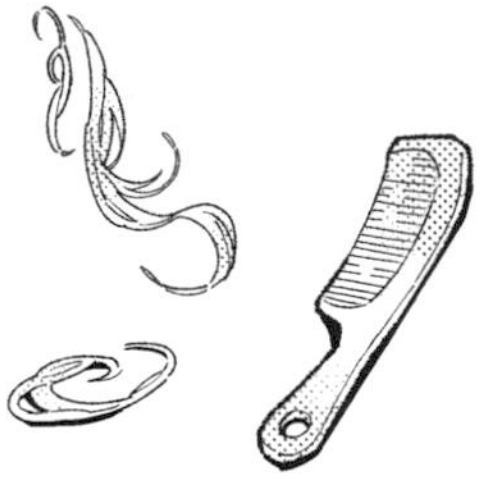

用不了幾分鐘就破解真相，坐輪椅的隋雲甚至沒移動過半步。我真是輸慘了。

原來蔡淑芬不知從哪裡聽到一個傳言——十二年前，她爸媽和莊杏兒的父母在醫院互相抱錯了嬰孩。蔡淑芬曾向她爸求證，卻換來一句「別肖想了，你這輩子就是水果攤女兒的命。」可是她心有不甘，所以寫了十來封「當年你爸媽在醫院抱錯嬰孩」的隱形信，然後找機會陸續塞到莊杏兒的抽屜。

其實我滿同情蔡淑芬的處境，換成是我，也會設法討回自己的人生。不過，班上同學都嘲笑她麻雀想變鳳凰，說她小眼睛小鼻子小嘴巴又骨瘦如柴，怎麼看都不像大家閨秀。但是青鳥說人要衣裝佛要金裝，或許加以適當打扮，醜小鴨也會變天鵝。

對了，青鳥還建議我去做DNA血親鑑定，說不定可以查明我的身世。這個主意太棒了，我決定待會兒從我爸的梳子偷拔一根頭髮！

重點是塗抹在紙上的物質，受熱時必須能從隱形變成有形。但既然變色是因為焦糖化，為什麼不直接在紙上塗抹糖水呢？沒錯！可以！也可使用含有乳糖的牛奶，或是蜂蜜。可樂含有碳酸——注意，這是一種酸，又有大量的糖分，寫在紙上後加熱，當然也會變色。各種液體最好先稀釋，讓顏色不明顯，才能達到隱形的效果。也要考慮一下，太甜太營養的東西是否會吸引生物前來。

除了加熱可引發變色，有些物質遇到酸或鹼，顏色也會發生變化，例如紫色高麗菜萃取出來的汁液為藍色，但遇到酸會變紅色，遇到鹼變綠色；化學物質酚酞一般為無色，遇到鹼會變成漂亮的螢光粉紅。這些化學變化也可運用來傳遞隱形訊息。

科學眼 隱形訊息的傳送就像鎖和鑰匙一樣，一方設法鎖住訊息，讓它隱形，另一方需要知道解法，也就是持有開鎖的鑰匙。

破案之鑰

一定要用檸檬汁嗎？還有沒有其他方法？

隱形信的歷史相當久遠，兩千多年前古希臘時代的戰術家埃涅阿斯就已經提出想法；另一位名叫菲洛的工程師還說，櫟樹上的蟲癭取出的汁液，可和明礬之類的硫酸鹽溶液搭配，做為隱形墨水使用，以其中一種溶液進行書寫，另一種溶液用來顯示訊息。另外，羅馬人提到可用植物汁液和牛奶來書寫祕密訊息；檸檬汁則分別在一千多年前及數百年前，在阿拉伯與歐洲受到使用。

由此可見，想書寫祕密訊息，不一定要使用檸檬汁！其實只要是含有酸的果汁都能派上用場，效果好壞不同罷了！看看下面的圖解，能對原理更加了解：

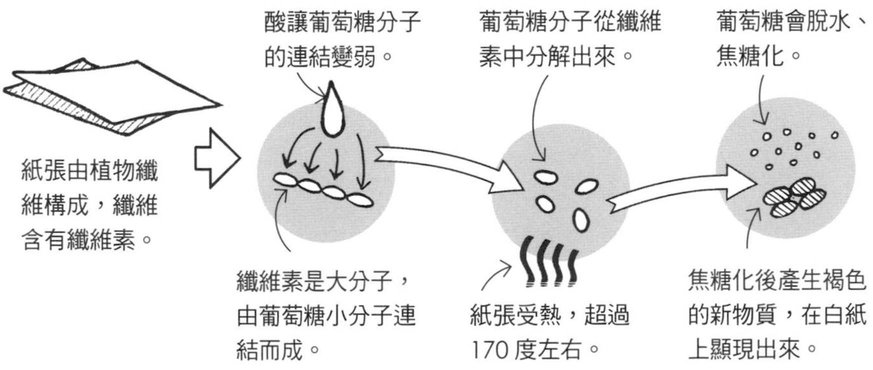

紙張由植物纖維構成，纖維含有纖維素。
酸讓葡萄糖分子的連結變弱。
纖維素是大分子，由葡萄糖小分子連結而成。
葡萄糖分子從纖維素中分解出來。
紙張受熱，超過170度左右。
葡萄糖會脫水、焦糖化。
焦糖化後產生褐色的新物質，在白紙上顯現出來。

第六話 班長決選試膽會

我不喜歡自己的聲音。怎麼聽怎麼怪。

我用手機錄過自己的聲音，聽起來很像陌生人在講話，那聲音彷佛從另一個異世界傳送過來，有點唯唯諾諾，有點口齒不清。難怪從小我爸就叫我「你給我惦惦」。可是玉茹老師也說，「要勇於表達自己的聲音」。我到底要聽誰的？

不過，我的聲音不至於是世上最可怕的聲音。據說聽過鎮上最恐怖聲音的人，都活不過第二天。

今天下午開了班會，最後的結果，居然讓我耳聞鎮上最恐怖的聲音，這個意想不到的發展就叫做神展開吧！

・・・・・

「你們繼續開，班長來主持。」

一週一次的班會，玉茹老師因為要參加教務會議而必須中途離席。當時正在討論春季遠足要去什麼地方玩。老師才走沒多久，教室隨即陷入無政府狀態。

「我要去兒童樂園。」章均亞舉手說。

「你幾歲啊，」鄭少傑笑道：「還去兒童樂園玩。」

「我想去寶可夢樂園。」許佳盈也提議。

「有這種地方嗎？」王元霸問。

「有啊，在日本東京。」

「出國玩？誰像你家這麼有錢，學校不會同意的啦，」王元霸起身，比了個揮棒的動作：「去棒球練習場如何？」

「我附議！」鄭少傑說。

「我也想去，」錢若娟插嘴：「可是請考慮一下女生，她們可能沒興趣。」

「你果然不是女生，」王元霸的好麻吉宋謙說：「這可是你自己講的喔。」

錢若娟只瞪了他一眼，反而是她的鐵粉章均亞挺身而出。

「你才不是男生吧，每天都跟在王元霸後面當跟屁蟲。」

「宋謙才不是跟屁蟲，」王元霸拍桌怒喝：「他都站我旁邊，不是後面！」

場面變得火爆起來，喜歡死纏爛打的章均亞也不敢接話了。

「是旁邊還是後面並不重要，」錢若娟說：「我們扯太遠了。」

「乾脆你們倆打一架吧，」馬玉珍突然發言：「贏的才是我們班……不，應該說是我們學校的老大。」

「來啊，誰怕誰！」王元霸捲起袖子，一副要幹架的模樣。

「大家冷靜一下，」張旋說：「先聽班長怎麼說。」

全班目光統統射向杵在講臺上的班長劉孟華。

「呃……我沒意見。」班長只擠出這麼幾個字。

「是他們倆誰贏你沒意見，」馬玉珍問：「還是去哪裡遠足你沒意見？」

「我都沒意見。」

全班的氣氛頓時降到冰點。班長的綽號是「沉默的乖寶」，雖然很少發言，但老師交代的工作都能辦得妥妥當當，是老師最得力的助手，不過同學們都戲謔的說班長是老師的寵物，簡稱「乖寶」。

「太沒主見了吧！」「你這班長是怎麼當的？」「這麼沒魄力，你還算是男生嗎？」……各種負評紛紛出籠。最後是錢若娟出面喝止，才讓鬧哄哄的教室安靜下來。

「是不是有臨時動議這種東西？」何文彬問。

「你想幹嘛？」

「我想提議更換班長。」

「贊成，」章均亞出聲附和：「我提議錢若娟為班長候選人。」

「萬萬不可。」錢若娟搖著雙手說。

「我提名黃宗一。」邱政說。黃宗一？沒想到會聽見這個名字。邱政想幹嘛？他不是討厭黃宗一嗎？

「我對當班長沒興趣。」黃宗一面無表情的說。

「那我也要提名王元霸！」宋謙大喊。

王元霸右手一舉，握緊拳頭：「那我就不客氣啦。」

「要比什麼？」章均亞問：「投票表決嗎？」

「那多沒創意啊，」何文彬說道：「候選人有四位。班長劉孟華最會念書，王元霸力氣最大，錢老大最有人望，黃宗一最會推理……」

「比看誰膽子最大，」邱政提議：「挑戰午夜十二點，去探訪那棟鬼哭神號的古屋！」

此話一出，現場立刻瀰漫著一股令人發顫的寒氣。

錢若娟表示：「這恐怕有危險。」

王元霸卻說：「怕什麼？午夜古屋見！」他這麼一吆喝，有幾個人跟著表態「我也會去」「午夜十二點見」，但聽得出來都是在裝腔作勢，天曉得到時候會有多少人出席。

不過，我倒是相信黃宗一會到場，因為我聽到他喃喃自語：

「鬼哭神號的古屋，嗯，有意思！」

・・・・・

晚間十二點鐘，學校後門真的有人集合了。四個候選人全都到齊，幾個拍胸脯裝模作樣的同學統統缺席。我爸媽沒在管我，所以我也去湊湊熱鬧。我們一行人沿著馬路往北邊走。天空布滿烏雲，依稀可見的星光十分黯淡，月黑風高，這時候遇得到人才有鬼咧。馬路兩旁佇立著路燈，可是間距太遠，使得路上的能見度不高。

「到了古屋之後呢？」在前方帶頭的王元霸說：「要怎麼分出勝負？」

「誰能在古屋裡面撐最久，」邱政回答：「誰就是新任班長。」

「這是什麼餿主意，」王元霸啐道：「萬一大家擠在一起壯膽，誰也不肯離開呢？」

「你就用蠻力把其他人扔出窗外啊，」章均亞說：「但只怕最後你也被惡鬼扔出去。」

「你再說一句，我就把你往路邊那片烏漆墨黑的樹林扔過去。」

王元霸的聲音在夜空中迴盪，形成了「嗚——」的餘音繚繞，聽起來像強弩之末顯得氣虛。一時間眾人皆靜默不語，眼前的路面開始變窄，而且愈走愈陡。

周遭突然響起一連串忽東忽西的怪聲。嘓、嘓、嘓——

「有鬼啊！」宋謙緊抓王元霸的後背大叫，我也跟著寒毛直豎。

「只是青蛙叫。」黃宗一說。

「青蛙？沒事幹嘛亂叫，怪嚇人的。」

「牠在預告要下雨了。」

「蛤？」

「青蛙用皮膚呼吸，所以必須讓皮膚保持濕潤。皮膚要是太乾燥，呼吸就會很困難。大雨來臨前，空氣會比較潮濕，正好適合讓皮膚呼吸，可能因為如此，所以這時候青蛙的叫聲特別響亮。另外，雨天是青蛙繁殖的大好時機，下雨前後青蛙也會叫得特別興奮。」

聽黃宗一這麼一解釋，蛙鳴聲沒那麼可怕了。在嘓嘓嘓的叫聲中，鄭少傑說：「黃宗一，聽你那麼多次分析推理，這是我第一次覺得『有你在真好』。」

「這是一種稱讚嗎？」

「隨便你怎麼想。」

這段上坡路勉強可容納兩輛車交錯而過，旁邊的路燈已經廢棄不用，左側是沒有架設欄杆的斜坡，所以大夥兒靠著右側山壁摸黑前行。上方隱約傳來轟鳴聲。

「鄭少傑，你幹嘛跟來？」錢若娟問：「你又沒有要當班長。」

「既然說要來，若是沒出現，」鄭少傑回答：「就會被別人當做小孬孬。」

「所謂的別人，是指余唯心吧？」

鄭少傑沒吭聲。

「既然這麼在乎她，就試著跟她和好啊！」

還是沒接腔。黑暗之中，我不確定他是否點了頭。

「你們對古屋了解多少？」黃宗一冷不防的問。只聞呼呼風聲、

窸窣樹葉聲和遠方的轟隆聲，過了一會兒，錢若娟才答話。

「聽說這條路的盡頭是個小社區，古屋是最靠裡面的建築，」她停頓一下又說：「我今天是第一次來這裡。」

「我也是。」王元霸跟著說。我當然也是，鎮上的小孩都視這裡為禁區。大人說這個社區住了許多厲鬼，天一黑就出來作祟。

「從小爸媽就叮嚀我不能來這裡，」錢若娟說：「據說白天很安靜，可是一入夜就會有惡靈吼叫、厲鬼哀嚎。」

本來是伸手不見五指，突然有道光束向前激射，形成光圈照在生鏽倒塌的鐵柵欄上。原來黃宗一帶了手電筒過來。我們正好站在社區入口，轟鳴聲益發響亮了，就算摀住耳朵也擋不住淒厲的鬼叫聲。

「我們還是回去吧。」不曉得是誰抖著音哀求。

「想知道真相就跟我走。」黃宗一穿過鐵柵欄向前走，錢若娟尾隨其後，其他人遲疑了片刻，最後統統跟了上去，沒有人敢落單。

這個社區顯然荒廢多年，八間透天厝都杳無人煙。轟鳴怪聲愈來愈尖銳吵雜，我的耳朵覺得很不舒服，像是有根鐵條在我耳裡亂搗。在手電筒的照明下，前方出現一棟四層樓高的建築，暗黑中就像蹲在地上的龐然大物，頂端有「水塔」二字，一樓架有迴旋樓梯環繞著建築物向上攀升。

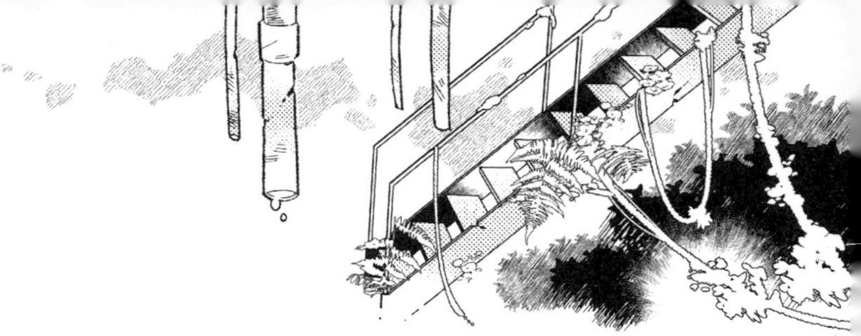

「水塔為何蓋在這裡？」有人問。

「這裡的地勢最高，這樣才容易把水輸送到各個角落。」

黃宗一說完，隨即跨步登上迴旋樓梯。大夥兒也爭相踏上階梯，深怕自己會殿後。我心一驚腿一軟，幸好後面的錢若娟扶我一把。差點滑跤時，我觸碰到水塔表層，這是堅固的水泥建築，但摸得出來有龜裂痕跡，另有多條管線向下延伸。雖然看不清楚，但這些管線顯然也是很有歷史的。

噗噗——突然響起連環屁的聲音。這……在這節骨眼上，居然有人放屁！

「有人一緊張就喋喋不休，」黃宗一說：「有人卻會放屁。」

說也奇怪，我緊繃的神經頓時放鬆下來。原本我們正要跨入充滿魔法的黑暗禁區，但這一連串響屁卻把大家拉回正常的凡人世界。

樓梯的盡頭是一扇門，開門進去之後是個長方體的小空間。門一關上，有如鬼哭神號的怪聲立刻隔絕在外，只隱約聽見低沉的嗡嗡聲，彷彿是有人突然關掉電視機。幸好有手電筒打破了黑壓壓的魔咒，我們才發現四周是水泥牆，地上遍布灰塵和泥土。黃宗一繞著四壁走動，同時握拳在牆上敲敲打打。他突然停下來。

「這座牆後面應該是抽水機，」他宣布道：「古屋的謎團算是破解了。」

「破解了？這麼快？」邱政問。

黃宗一將手電筒拿在胸前朝上打光，被照亮的臉龐登時變得猶如魔王般扭曲。

「我先講結論，」他說：「大家聽到的鬼哭神號，其實只是各種雜音的大雜燴。」

眾人都像中了魔法似的呆若木雞。

「水泥建材老化之後會出現裂痕。有了裂痕，空氣就會滲透進去。各位想想看，管線裡頭有水流過，水和空氣產生摩擦，因此產生雜音。如果你們去檢查看看，應該會找到許多道裂痕，更不用說管線之間的接合處一定也有隙縫。雜音雖小，但是此起彼落，就會互相震盪而形成驚人的噪音。若再加上人為的想像力自行腦補，那就更不得了。想像一個百人組成的交響樂團，樂手卻各自為政，完全不照樂譜來表演，結果會演奏出什麼樣的音樂？」

沒人回話。打破僵局的是錢若娟：「管線裡頭有水嗎？」

「有聽到細微的嗡嗡聲吧？」黃宗一說：「這座牆後面的抽水設備正在運作中。」

「怎麼可能？這個社區根本沒人住。」

「這座水塔供水的用戶應該不只這個社區。萬一停掉這裡的設備，山下附近的居民想必會無水可用。」

「為何入夜才聽見噪音，白天卻沒聽到？」邱政問。

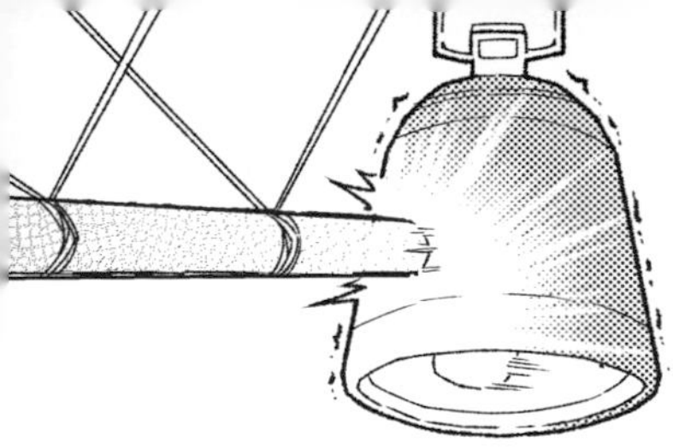

「這個問題可以用科學原理來解答，」科學怪探現身了：「聲音的傳導通常是直線進行，但有時候會出現折射現象。聲音之所以會折射，是因為聲波傳遞時進入不一樣的介質，使聲波的速度改變，導致行進的方向也改變了。空氣的溫度、濕度、密度等，都會影響聲波的速度。」

光圈移向別處，怪探隱身不見了。

「夜裡靠近地面的地方溫度比較低，聲速較緩慢，聲音會朝地面折射，所以我們能清楚聽到來自高處水塔的噪音。白天因為情況相反，聲音會朝天空折射，地面上的人反而聽不清楚來自高處的聲音。」

嗯，這個解釋頗為深奧，我得好好想一想……

「拜託，講人話行不行？」提問的人絕對是王元霸。

「其實古人早已觀察到這個道理，」怪探一邊說，一邊用手電筒四處探照：「詩中寫『姑蘇城外寒山寺，夜半鐘聲到客船。』正是因為夜晚裡聲音往下折射，所以能夠傳送到較遠的地方，因此寒山寺的鐘聲可以傳入遠方的船中。為何不說『白日鐘聲到客船』？因為聲音散入空中，加上白日噪音多，這種情況不可能發生。」

光圈突然停下不動，照亮之處似乎是塊板子。大家跟著黃宗一湊近去看。

「沒錯，」黃宗一說：「打開鐵板，就可發現後面有抽水機……咦？地上有字……」

隨著光圈照射，大家都看到地上有「鬼火」二字。「這是誰寫的？」有人發出驚呼聲。依然是黃宗一來解惑。

「應該是隋雲，」他信誓旦旦的說：「這邊的地上有兩道平行的壓痕。」我也看到了。什麼東西能構成這樣的紋路？我第一個想到的就是輪椅。

凌晨一點多了，我坐在書桌前還是興奮得睡不著。青鳥要是知道我們破解了鎮上的頭號謎團，一定會以我為榮。如果黃宗一沒料錯，表示隋雲對他下了挑戰書，要他破解鎮上的另一個謎團「鬼火」。

問題是，隋雲真的比我們捷足先登嗎？不良於行的她，怎麼可能登上高塔？這真是令人匪夷所思，我愈來愈期待後續發展了……

利用比熱可以解釋住宅建材的特性。金屬比熱小，所以鐵皮屋溫度變化快，冬冷夏熱；木材泥土的比熱較大，所以舊時代的土角屋、木屋，保溫及防熱效果都較好。

同一區域的不同位置，在白天和晚上的溫度變化，也會因為比熱不同而不一樣。比熱大小：水＞空氣＞地面。

溫度會傳導，由此可知，白天時，靠近地面的氣溫較高；但到了夜裡，反而是靠近地面的氣溫降得比較低。

破案之鑰

夜裡靠近地面的溫度比較低，這是什麼意思？難道高山不比平地冷嗎？

這是兩回事！高山的確會比平地冷，但這裡做比較的，是同一個區域內的不同位置。想像有一大塊空地，到了夜裡，地面上的溫度會比空氣中的溫度來得低。

這是為什麼？這跟物質的「比熱」有關。

想想看豔陽四射的炎熱夏天，用手摸摸柏油路或水泥地會覺得很燙，但跳到泳池裡，卻覺得水溫比空氣來得清涼。這是因為水和地面接收到來自太陽的熱量時，溫度上升或下降的速度不一樣。為了比較不同物質溫度變化的快慢，科學家採用一個概念：比熱。

比熱是 1 公克物質，溫度升高或下降攝氏 1 度所吸收或放出的熱量。比熱小，比較容易熱，也比較容易冷；相反的，比熱大，溫度比較不容易產生變化。

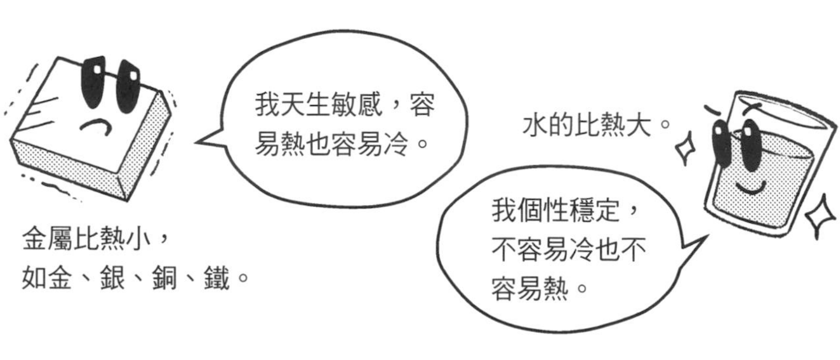
我天生敏感，容易熱也容易冷。
金屬比熱小，如金、銀、銅、鐵。
水的比熱大。
我個性穩定，不容易冷也不容易熱。

真相需要科學證據！

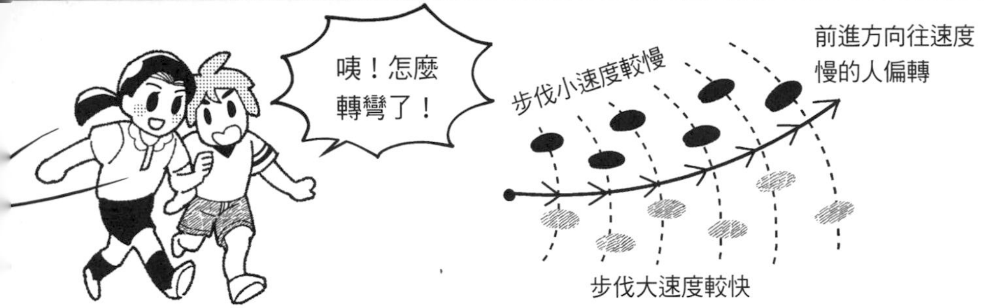

咦！怎麼
轉彎了！
步伐小速度較慢
前進方向往速度
慢的人偏轉
步伐大速度較快

同樣的介質若狀態不同，傳送聲波的速度也會改變。當氣體溫度變低，聲音傳導速度變慢，因此聲波朝溫度低的方向偏折。夜裡聲波朝地面偏折，白天則朝空中偏折。

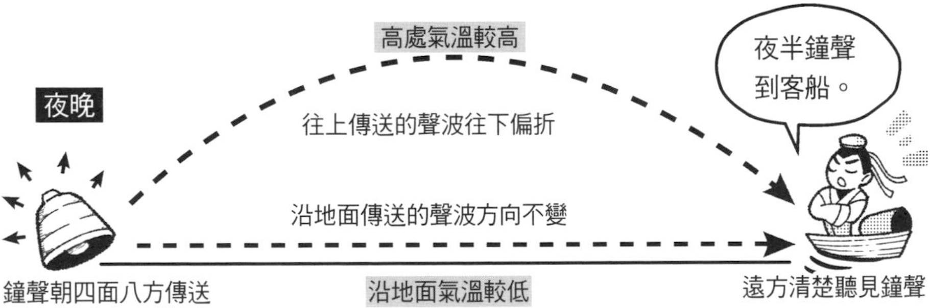

夜晚
高處氣溫較高
夜半鐘聲
到客船。
往上傳送的聲波往下偏折
沿地面傳送的聲波方向不變
鐘聲朝四面八方傳送
沿地面氣溫較低
遠方清楚聽見鐘聲

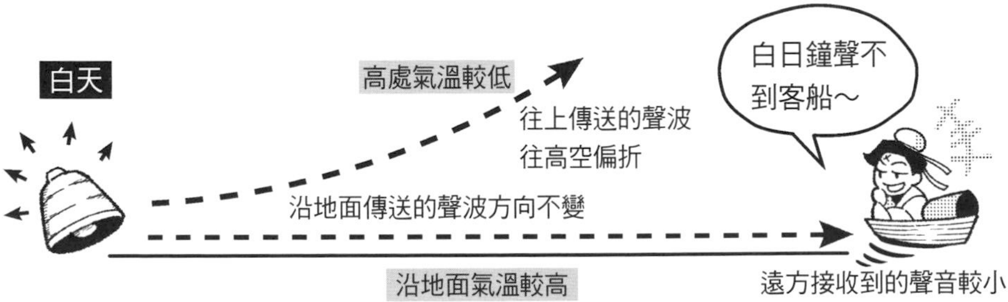

白天
高處氣溫較低
白日鐘聲不
到客船～
往上傳送的聲波
往高空偏折
沿地面傳送的聲波方向不變
沿地面氣溫較高
遠方接收到的聲音較小

科學眼 比熱小，溫度變化大且快；比熱大，溫度變化小且慢。聲波經過不同介質時，會因為波速變化而發生折射。

破案之鑰

但聲音為什麼會朝溫度較低的地方傳送呢？

聲音是一種波，藉由物質傳送，這種做為傳導媒介的物質稱為「介質」。介質不同，聲波的傳遞速度也不同。一般來說，聲音在固體中傳遞速度最快，其次是液體，再來才是氣體。真空狀況沒有介質，所以聽不到聲音！

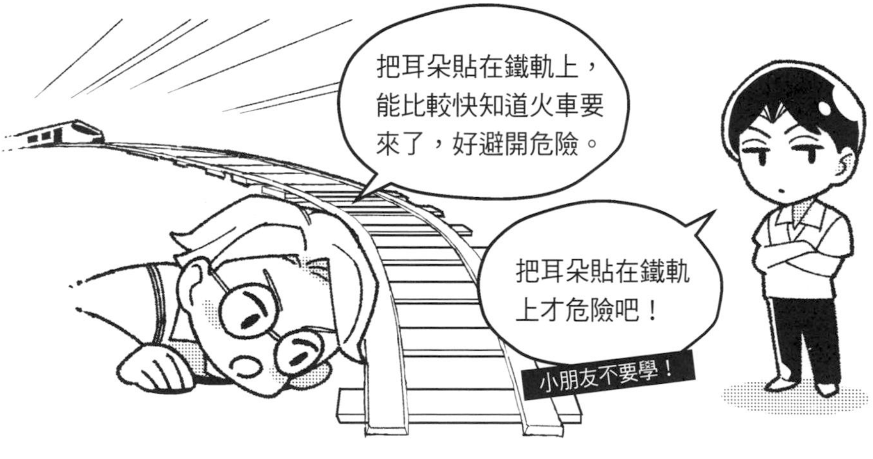

當聲波由一種介質進入另一種介質，會因為傳遞速度改變，而使前進方向發生偏折，這種現象叫「折射」。

試試看兩人手勾手，步伐大小一致的往前，可以直線前進。但如果左側的人步伐變小，右側保持不變，行進方向是不是會往左偏？反過來則往右偏？步伐變小表示速度變慢，也就是行進方向會往速度變慢的方向偏折。

第七話 鬼火謎團

校園裡流傳著一則恐怖傳說，半夜十二點對著鏡子削蘋果，如果蘋果皮一直削到最後都沒斷掉，你會在鏡子裡看到未來的另一半。不過，偷看天機是要付出代價的，萬一中途削斷了蘋果皮，就會看到長髮厲鬼狠狠的瞪著你，隨後把你拉入鏡子裡的世界，再也回不來了。

聽說六年三班那個缺課很久的同學就是因為不信邪，結果被拉到鏡子裡面去了。

我要是被鬼盯上，一定嚇得動彈不得。我這麼膽小，理論上絕對不會去觸碰向鬼試膽的禁忌。結果沒想到上星期，我居然去了那棟迴盪著鬼哭神號的古屋，跟隨大家破解鎮上的頭號謎團。

我當然不敢往自己臉上貼金，找出真相的人是黃宗一。不過，能參與其中就是與有榮焉；敢去那種鬼地方，也算是一種自我突破吧？接下來要挑戰的是「鬼火」謎團，我一顆心是既害怕又期待。

「老師，有人這麼多天沒來上學，你都不管嗎？」在今天的課堂上，黃宗一舉手發問。

「你是指宋謙嗎？」玉茹老師回答：「他媽媽說他受到風寒，要請幾天病假。」

那一夜去古屋探險之後，宋謙一直沒來上學。他該不會是一時得意忘形，半夜對著鏡子削蘋果皮吧？

「我指的是我左後方的空位，」黃宗一說：「自從我踏進這個班開始，那個座位就一直沒人坐。」

「喔，你說的是趙凱昱，」老師遲疑一會兒才回答：「聽說他家裡出狀況，所以沒辦法來上課。」

在我的印象中，趙凱昱本來活潑開朗，不知為何突然變得很孤

僻，然後就不來學校上課了。升上六年級之後，他再也沒出現過。不過，校方還是幫他保留了學籍。

「老師沒去做家訪嗎？」

又是沉吟片刻。「有些地方，並不是你想去就能去。」

「人家不來上課關你什麼事？」馬玉珍冷冰冰的說。

「有個位置空空的，就像教室裡有個漏洞，這樣就不對稱了，」黃宗一停頓了一下：「我已經忍耐很久了，現在又多了一個洞。」

為了這種事發牢騷，黃宗一真是怪咖。他很聰明，推理能力也很強，可是會在這種莫名其妙的地方鑽牛角尖，這種人適合當班長嗎？

對了，青鳥問我班長的位置有保住嗎？我說一切照舊，因為四位候選人都撐到最後才走，無法分出高下。其實就算有人勝出，大概也不敢去跟老師報告。要是被老師知道我們幾個半夜去古屋探險，她八成會一口氣喘不過來而心肌梗塞。

下課時，邱政硬拉著黃宗一到隋雲的座位旁邊，我們這群有參與古屋探險的同學也跟了過去，一夥人湊在一起像在開小組會議，看來有人和我一樣心急。

「那兩個字是你寫的嗎？」邱政問隋雲。

「哪兩個字？」隋雲冷淡的說。傳聞「鬼火」這兩個字是不可說的祕密，一說出口就會遭受不幸。

「裝糊塗喔？」

隋雲眉毛一揚：「你要幹嘛？」

「別生氣，」錢若娟出面打圓場：「王元霸，宋謙真的生病在家休息？」

「是真的，除非他媽騙我，」王元霸回答：「她說他發燒到快四十度。沒想到那傢伙中看不中用。」

「那關於『那個』的傳聞，我們還要破解嗎？」她壓低聲音問。

「當然要，」邱政率先表態：「這次我要向黃宗一挑戰，我要第一個破解謎團。」

「那就交給你，」黃宗一說：「不用我出馬了。」

「什麼意思？」邱政怒道：「你是瞧不起我嗎？還是想看我出糗？」

「你不是想當第一？」黃宗一說：「我把機會讓給你。」

現場陷入令人尷尬的情境。黃宗一不去，等於叫其他人不扣安全索就直接攀岩一樣，多麼沒有安全感。誰來勸勸他啊。

「沒有第二名，拿第一名也沒意義。」隋雲插話了。

「你該不會已經知道真相了吧？」鄭少傑好奇的問。

「有查證才叫真相。」黃宗一淡淡的說。

「給我一個機會打敗你，」邱政挑釁的說：「除非你怕了。」

「對嘛，」王元霸像在敲邊鼓：「我們什麼時候去？」

一陣靜默之後，又是隋雲打破僵局。

「今晚OK，」她說：「昨天雨已經停了。」

隋雲說到了重點。在悲風淒雨中探險，那種滋味的確不好受。於是大家約好今晚八點，依舊在學校後門集合。

好戲終於要上場了。

・・・・・

晚上八點，我到集合地點一看，宋謙和章均亞缺席了，意外的是余唯心來了。

「我自己要來的，」她主動解釋：「跟他無關。」

「你爸媽同意讓你晚上外出？」錢若娟問。

「我爸媽出國了，叫我去借住他家。」

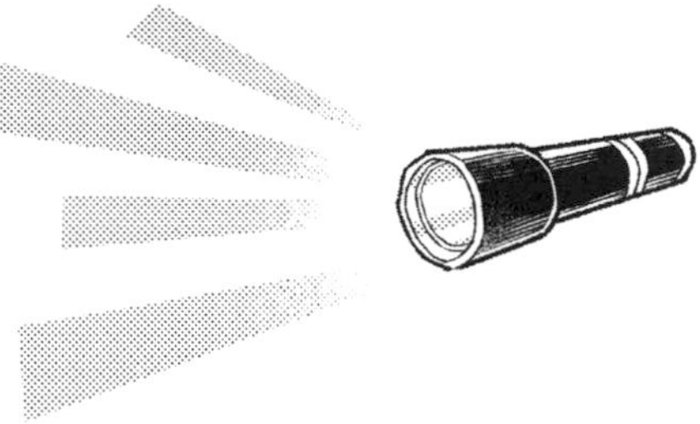

她口中的「他」，當然是指鄭少傑。看來這兩個人還沒和好。

錢老大很貼心，一路陪在余唯心身邊。其實就算落單也不恐怖，和上週的古屋探險之夜比起來，今晚的天氣真是太讚了，沒有怪風呼呼叫，氣溫也回暖了，王元霸和鄭少傑只穿了T恤短褲就出門。更何況八點鐘這個時間並不算晚，我們彷彿是晚飯後出來散步，而不是要去挑戰鎮上的第二大謎團。

邱政一派輕鬆的邊走邊哼歌，直到深入荒郊野外才閉上嘴巴。其他人露出緊張神情，這時，邱政掏出手電筒，照向前方小徑指路。

「我可是有備而來。」邱政回頭看了黃宗一一眼。

「這裡的鬼火有多厲害？」黃宗一沒理會大家在搖手示意。

「你想害死我們啊？」王元霸伸手抓住黃宗一的衣領，像要勒住他脖子似的：「那兩個字明明不可以說出口。」

「不知者無罪，」錢若娟把王元霸拉開：「他是轉學生，哪會知道？」

「據說是一種地獄之火，」邱政試圖主導局面：「若是被纏上了，它會滲入肌膚，燒毀你的五臟六腑。」

「聽起來像體內自燃，」黃宗一說：「鬼火會纏上哪種人？」

「做壞事的人。」

「那你們有什麼好怕？小學生會有多壞？」

「說謊、遲到、打架、作弊、惹爸媽生氣，這些壞事多少做過幾次吧。」

說的也是。我常惹我爸不高興，在他心中我一定是個壞孩子。

「這些事沒惡劣到會招來地獄之火。」

「壞事沒有輕重之分，做壞事就是要處罰，」錢若娟說：「那東西的存在是在警告我們不能做壞事。」

「所以你們都不說謊、不遲到、不打架、不作弊、不惹爸媽生氣？」

眾人不約而同的看著王元霸。

「幹嘛看我，」他指著正前方說：「不來這裡就沒事。」

眼前出現一排至少有四輛公車長的鐵絲網，左右兩端各自呈直角繼續延展。這塊區域正是鬼火出沒之處，但透過網眼，只看見黑壓壓一片。

「這不好爬。」錢若娟抓著鐵絲網說。

「這裡有個洞。」沿著鐵絲網向左走的鄭少傑叫道。大夥兒靠過去一看，連接鐵桿和地面之間的網線被鐵剪掀起一片三角形空隙。

「我又不是貓或狗，」王元霸說：「這個洞太小，只夠我的腦袋鑽過去。」

「誰叫你長這麼大隻。」余唯心說。

「那你來鑽鑽看啊？」

她正要趴下來，卻被鄭少傑伸手攔住。

「別聽他的。」

她甩開他的手，正要探頭鑽洞時，鐵絲網左側轉角那一帶傳來黃宗一的聲音：「這裡有一道很大的切口。」我繞過去一看，鐵絲網上面果然被切開一條縫隙，足以讓人側身穿過。

大家你看我、我看你，那裡面是什麼樣的世界？真的要踏進去嗎？現在還可以後悔哦。

我看見黃宗一當仁不讓的跨過那道切口，當下就明白再也不能回頭了。

等了三十分鐘，什麼事也沒發生，甚至連蛙鳴蟲叫也沒聽到。鐵絲網該不會是某種結界，可以將任何生命體隔絕在外？

我們蹲坐的地方距離進來的切口並不遠，放眼盡是雜草叢生的空地，左前方是一片樹林。我記得每當有建商想要開發這塊土地時，最後都不了了之。

「今晚不會出現嗎？」余唯心問。

「或是說，其實我們還不壞？」王元霸說。

錢若娟賞他一個白眼。邱政突然起身向前走。

「你要幹嘛？」

「要破解謎團，」他說：「就得採取行動。」

他掏出手電筒和塑膠袋。

「從科學的角度來思考，應該是有某種發光體在空中移動，所以造成這種錯覺，」手電筒的光亮四處游移。「根據我的推理，真相應

該是螢火蟲。」

咦，是嗎？螢火蟲和鬼火好像差滿多的。

「如果你要抓螢火蟲，最好別開手電筒，」黃宗一說話了：「光線會嚇走牠們，太亮也會害死牠們。」

邱政一意孤行的往前走，手電筒的光束四處掃射。他回頭正要講話，卻發現大家兩眼發直、嘴巴開開。

「幹嘛？見鬼啦？」

「你……」王元霸舉手朝著邱政伸出食指，喉嚨像是有東西卡住似的：「你後面有……」

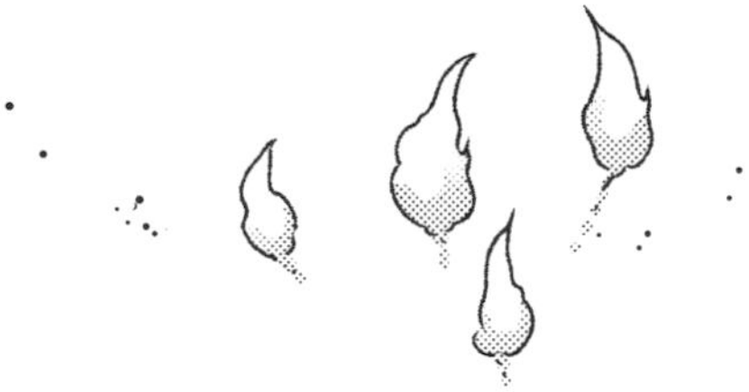

　　邱政回頭一看，一團黃色火光飄浮在半空中，他心頭一震，心跳頓時停了一秒。他轉身衝向大家，鬼火也跟著逼近，眾人嚇得做鳥獸散。突然間，拖著長長尾巴的鬼火憑空冒出十來個，只見一朵一朵的火光飄來飄去，令人看了怵目驚心，害我冷汗直流。

　　「救命啊……」余唯心邊跑邊叫，但跟著她的一團青色鬼火怎樣就是甩不掉。

　　「我來救你！」鄭少傑追了上來，拿出他隨身攜帶的棒球用力一擲，咻一聲剛好丟中鬼火，但卻穿透過去，完全起不了作用。他撿起地上的石頭快手連發，儘管幾乎每一顆都擊中鬼火，卻是無濟於事。

　　「看誰跑得快！」這邊的錢若娟拔腿狂奔，她的腳程快如脫兔，然而鬼火依舊緊追不捨。

　　「好燙……」那邊的王元霸倒在地上哀號，他轉頭閉眼不敢直視鬼火，雙手伸向空中揮舞，像要趕走它似的。

在一片混亂中，我發現我和黃宗一是唯二原地不動的人。莫非他和我一樣嚇傻了？但我的臆測下一秒就被推翻了。

「統統不要動，」黃宗一喝道：「鬼火就不會跟著你們跑。」

他這麼一叫，大家立刻像玩一二三木頭人似的停下來，說也奇怪，所有的鬼火全都懸浮在半空中不動了。黃宗一往前走了幾步，恰巧站在眾人之間的中心位置。他背後的一團火光，像隻寵物似的輕溜溜的跟了過去。

「鬼火的燃點是攝氏三十多度，溫度很低，應該一點也不燙。」他說著，眼睛看向王元霸。

「是嗎？」王元霸檢視自己的雙手：「真的吔，我的手沒事。」

「鬼火又叫磷火，主要是因為地底下的磷和水作用之後產生磷化氫，這種無色氣體累積到一定濃度後，會從土壤的縫隙飄散出來，由於燃點很低，一碰上高溫便會自燃，結果就是你們看到的鬼火。」

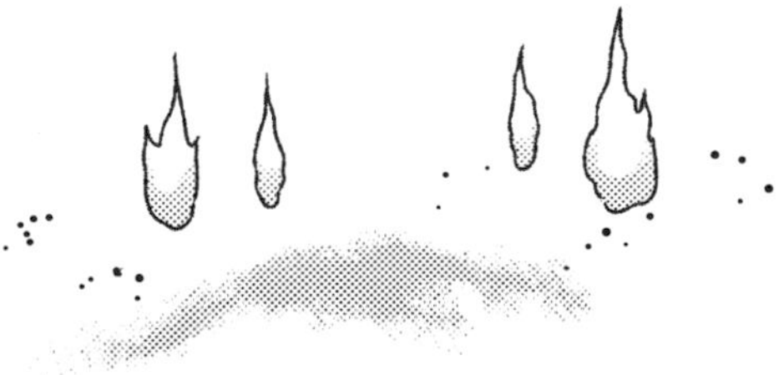

「它為什麼要追我？」余唯心問。

「它並沒有追你，」黃宗一說：「是因為你一動，空氣跟著流動，產生了風，風一吹就會牽動它。你們大家四處逃竄，造成空氣四處亂流，所以鬼火也跟著移動，因而形成鬼火追人的錯覺。」

「怎麼會有什麼磷化氫啊？」錢若娟問。

「磷是人體內的成分之一」

「人體內？」鄭少傑吶吶的說：「你是說地底下有人體？」

黃宗一點點頭：「正確的說法是屍體。」

大家全都愣住了。我們的腳下有屍體？難道是前幾天下大雨，雨水和屍體含有的磷產生磷化氫，然後磷化氫浮出地面遇上三十幾度的高溫而自燃……我全身突然打起冷顫。莫非這裡是沒有墓碑的墳場？

「會不會是動物的屍體？」邱政提出質疑。

「不太可能，」科學怪探馬上打臉他：「掩埋動物屍體，通常不

會埋得太深，動物屍體含有的磷和水分產生的磷化氫，會很快外洩到地面上，由於濃度不高，應該很難自燃而形成火光。」

「屍體埋在哪裡？」余唯心問。

「如果是你，會把屍體埋在哪裡？」黃宗一不答反問。

眾人都將目光投向那一片暗黑樹林，只有王元霸除外。他啣著一根雜草在撥弄鬼火：「這樣點菸很酷吧？」

「少耍智障了。」錢若娟啐道。

「我們是不是要……」邱政沒把話講完，但我猜得到他想說什麼。

「回去了，」黃宗一邊說邊走：「今晚的任務結束了，其他不干你們的事。」

他回頭望著那片樹林說：「有些地方，並不是你想去就能去。」

這是我今天第二次聽到這句話。

現在，我坐在書桌前，寫下今晚的探險經過，心中依然興奮莫名。經由科學檢視，原來鬼火只不過是一種自然現象，哪是什麼地獄之火，根本在騙小孩嘛。

説穿了，其實鬼火是遇害者發出的哀怨之火，它在告訴世人「我在地下陰魂不散」。對了，鬼火之説會不會是個幌子，用意是嚇唬大家別接近那個地方？

邱政弱爆了，根本不是黃宗一的對手。不過，鐵絲網的那道切口是誰弄出來的？黃宗一最後説「不干你們的事」，而不是「不干我們的事」，意思是他會插手調查？我在猜，今晚到達現場之前，搞不好他已經料到鬼火的成因，所以才有恃無恐，一點也不驚慌。青鳥説，這叫做「知識就是力量！」

……待續……

更是充滿好奇，親自前往出現鬼火的沼澤、森林、山頂進行觀察，還試著以鬼火點燃木屑、紙張，甚至捕捉鬼火做實驗！他認為鬼火是一種化學現象，因為某種物質能與空氣作用，進而燃燒，才會出現這種神祕之火。

這種物質有可能是磷化氫，因為鬼火大多出現在沼澤、墓地，是動植物死後堆積埋藏的地方。動物骨骼含有大量的磷，分解後生成磷化氫，燃點只有攝氏 38 度，很容易自燃，焰色為橘黃。此外，動植物分解產生的甲烷，也可能是鬼火的成因。甲烷是易燃氣體，遇到火源很容易燃燒，焰色為藍色。

但這些理論不是所有科學家都買單。有人認為鬼火其實不是火，而是化學發光，是化學反應過程中釋出的能量激發物質發亮；也有人認為鬼火只是一種生物光……看來，想理解鬼火的真相，需要更多科學證據與研究！

科學眼 科學精神是不輕易做結論，必須進行觀察，提出假說，進行實驗驗證，再做出推論！而且這個過程必須可以重複。

破案之鑰

鬼火還有其他顏色嗎？

沒有親眼看過，無法有太多評論。不過根據查得的資料，多數人在偏僻的荒地看到的這類火焰——以下簡稱鬼火，除了黃色，更多是青色。

史上有關鬼火的紀錄，出現在世界各地，例如日本有狐火的傳說，歐美萬聖節南瓜燈的由來也是鬼火，泰國媚公河上會冒出紅色的娜迦火球，當地認為是媚公河裡的蛇神噴出的平安之火……由於鬼火看起來像是無中生有，非常神祕詭譎，常有穿鑿附會的傳說或解釋。

當然，科學家不會輕易放過這種現象，幾百年來提出了各種假說。兩百年前左右，一位名叫布萊森的德國少校

欲知詳情，
請見《少年一推理事件簿 2：再見青鳥・下》，
2022 年 3 月 1 日揭曉上市。

封面人物是隋雲喔，
敬請期待！

各位小偵探，
你覺得《少年一推理事件簿》接下來會如何發展呢？
請寫下你的想像和推理。

少年一推理事件簿 1 再見青鳥・上

作者／翁裕庭
繪者／步烏＆米巡
破案之鑰／陳雅茜

出版六部總編輯暨責任編輯／陳雅茜
美術主編暨版面設計／趙璦
資深編輯／盧心潔
特約行銷企劃／張家綺

發行人／王榮文
出版發行／遠流出版事業股份有限公司
地址：臺北市中山北路一段 11 號 13 樓
電話：02-2571-0297　傳真：02-2571-0197　郵撥：0189456-1
遠流博識網：www.ylib.com　電子信箱：ylib@ylib.com
著作權顧問／蕭雄淋律師

ISBN ／ 978-957-32-9427-6
2022 年 2 月 1 日初版一刷
2023 年 3 月 3 日初版二刷

定價・新臺幣 280 元

國家圖書館出版品預行編目（CIP）資料

少年一推理事件簿 . 1, 再見青鳥 . 上 / 翁裕庭作 ;
步烏＆米巡繪 . -- 初版 . -- 臺北市 : 遠流出版事業
股份有限公司 , 2022.02　　面；　公分
ISBN 978-957-32-9427-6（平裝）
863.59　　111000037